특 이 점

: 인공지능 로봇이 인간을 능가하는
자의식을 가진 능력체가 되는 시점을 뜻한다.
특이점이 지난 로봇은 인간의 통제를 벗어나
스스로 판단하고 결정할 수 있다.

바일간 015

특이점

김소연 SF소설집

서유재

| 차례 |

특이점을 지나서

내 이름은 오지영, 열일곱 살이다. 내 이름이 그렇듯 내 삶 역시 그저 그렇게 평범했다. 적어도 열여섯, 중학교 3학년 때까지는 말이다. 이니를 알게 된 그날 이후, 내 밋밋한 일상에 가느다란 금이 가기 시작했다. 나도 모르는 사이에 말이다. 지금부터 내가 하려는 이야기는 로봇과 사람 사이에 생긴 작은 흔적에 대한 경험담이다.

*

이니가 우리 학교로 온 것은 3학년 새 학기 첫날이었다. 그해는 21세기의 딱 절반, 2050년이었다. 어느 고대 그리스 철학자가 한 이야기가 있다.

"노예 없는 삶이라고요? 그럼 우리는 어떻게 먹고 입고 잘 수 있단 말이죠? 노예의 도움 없이 일상생활을 어떻게 유지하냐고요."

이천오백 년이 지난 지금, 사람들은 똑같은 말을 한다.

"로봇 없는 삶이라고요? 그럼 우리는 어떻게 먹고 입고 잘 수 있단 말이죠? 로봇의 도움 없이 일상생활을 어떻게 유지하냐고요."

금세기 초부터 가속도가 붙기 시작한 인공지능 로봇 개발은 2030년대에 절정에 이르렀다. 모든 산업 현장과 일상 공간에서 로봇은 인간의 노동을 대신하기 시작했다. 그리고 불과 채 20년도 걸리지 않아 이제 인간은 로봇 없는 생활이 도대체 어떻게 가능한지 상상조차 할 수 없는 세상이 되어 버렸다.

대신 인류에겐 새로운 과제가 주어졌다.

'로봇이 아닌 사람만이 할 수 있는 일은 무엇이 있을까?'

어처구니없는 사실은 이 화두에 대한 답을 겨우 열여섯 살밖에 안 된 중학교 3학년 때에 내놓아야 한다는 점이다. 그리고 그 예민한 일 년의 첫날, 이니가 우리 반으로 왔다.

방학이 끝나고 첫 등교일이지만 우리는 서로가 하나도 반갑지 않았다. 창의 교육 방학 특강 학원에서 지겹도록 마주쳤기 때문이다.

아침 조회 시간, 새 담임선생님 두 분의 소개가 있었다. 한 분은 진로 상담과 교내 생활지도 담당인 인간 선생님이고, 한 분은(분이라고 표현하기엔 좀 애매한) 교과 수업 담당과 학생부 기록 담당인 로봇 선생님이었다. 로봇 선생님은 우리 각자가 한 사람씩 앉아 있는 책상 가운데에 설치된 개인용 태블릿에 내장되어 있었다.

"자, 사랑하는 우리 반 친구들! 나야 여러분과 같은 사람이니까 정상참작 등의 설득도 가능하지만 교과 담당은 짤 없는 거 잘 알고 있겠지?"

담임선생님은 능글맞은 웃음으로 인사를 마쳤다. 아이들은 일제히 우 하는 소 울음소리를 냈다. 그때 교실 앞문이 스르륵 열렸다. 자동문으로 들어오는 사람은 교장 선생님이었다. 반 아이들은 교장 선생님의 난데없는 출현에 살짝 술렁였다. 하지만 우리를 정말 놀라게 한 건 교장 선생님이 데리고 들어온 아이였다.

"에─, 여기는 우리 학교에 배치된 인공지능 로봇, 그러니까 안드로이드 학생입니다. 여러분과 일 년 동안 같이 공부하고 생활하며 고입 시험을 대비하게 되었습니다."

다시 한번 교실이 들썩였다. 아이들은 서로 쳐다보며 웅성거렸다.

"뭐? 로봇이 고입 시험을 본다고?"

"야, 이거 원래 있던 얘기냐?"

"난 못 들었는데."

나 역시 금시초문이었다. 로봇과 같이 시험을 친다고? 왜? 이해할 수 없는 상황이었다. 로봇은 급식 조리실과 기계 설비실, 교문 경비실과 보건실에 있는 기계다. 학생들을 위해 음식을 만들고 건물을 수리하며 학교를 지키고 약을 조제하는 일, 그것이 학교 로봇이 해야 하고 할 수 있는 일의 전부였다.

학생들의 학업 성적 관리와 수업 참여를 기록하는 프로그램은 각 반마다 설치되어 있다. 방금 말한 수업 담당 담임선생님 말이다. 하지만 우리와 같은 공간에서 같은 공부를 하는 로봇 학생이라니, 말도 안 되는 소리다. 도대체 왜? 누굴 위해서? 아이들은 교장 선생님 곁에 서 있는 물체를 뚫어져라 쳐다보았다.

"다소 갑작스러운 면이 없지 않으나 3학년 2반은 우수하고 모범적인 학생들만 모인 반이라 특별히 이 실험에 참여하게 된 것입니다. 여러분, 스스로에게 자부심을 가지세요."

자부심? 말 같지도 않은 억지에 교실 여기저기서 비웃는 소리가 픽픽 터져 나왔다. 우리 반에 전교 1등부터 5등 사이를 오르락내리락하는 우등생이 모여 있는 건 사실이다. 그런데 우등생이면 다 모범생인 걸까? 잘 모르겠다. 분명한 건 학교의 명예를 드높여 줄 상위 5퍼센트의 아이들을 한 반에 몰아넣어 경쟁심을 부추기고 효율적으로 관리하자는 학교의 속셈이다. 그들을 뺀 나머지는 들러리일 뿐이다.

교장 선생님과 담임선생님은 아이들의 반응에 적잖이 당황하는 눈치였다. 그러는 사이 로봇이 앞으로 나서며 입을 열었다.

"안녕하세요. 저는 이니티움305, 여러분과 함께 공부할 로봇입니다. 잘 부탁드립니다."

로봇은 짤막하지만 단정한 인사말을 던지고 똑바로 서서 교실 안을 천천히 둘러보았다.

나는 로봇이 내는 목소리에 묘한 반감이 일었다. 그건 사람 목소리와 전혀 다르지 않지만 어딘지 모르게 사람답지 않은 어색함이 서려 있었다. 고개를 가볍게 돌리며 반 아이들 한 사람 한 사람과 눈을 맞추고 부드러운 웃음을 짓는 모습 역시 너무 자연스러웠다. 그 자연스러움이 불쾌했다. 학교에서 궂은일을 도맡아 하는 로봇들은 한눈에 봐도 로봇 티가 나는 투박한 기계들이다. 빅 데이터를 탑재한 인공지능이 내장되었든 힘이 불도저보다 세든 상관없는 철 덩어리다. 그것에 대해 생각하고 고민할 이유가 없는 도구일 뿐이다. 도구로 쓰이는 로봇은 그에 걸맞은 겉모양을 갖추고 있어야 한다. 그래야 사람들이 마음 편하게 사용할 수 있는 거다. 그런데 이니티움305라고 자신을 소개한 로봇은 우리와 똑같이 생긴 아이였다. 솜털까지 보송보송한 살갗, 부드러운 윤기를 지닌 검은 머리카락과 눈썹, 수줍은 듯 꼭 다무는 입 매무새까지 그냥 사람이었다. 그 아래로 차가운 철근과 값비싼 실리콘 재질의 전기선이 얽혀 있을 거라고는 전혀 상상이 되지 않았다. 마르지도 뚱뚱하지도 않은 적당한 체격과 170센티미터가 될락 말락 한 키까지, 이니티움305는 한국 보통 중학교 3학년생의 외모 조건을 충실히 따르는 표준 사이즈였다.

교장 선생님이 말을 이었다.

"에ㅡ, 그러니까 여러분도 보다시피 이니티움305는 실제 사람과 구별이 어려울 정도로 정교하게 만들어진 안드로이드예요. 정부와 산업 협약을 맺은 기업에서 특별히 제작한 실험용 로봇이죠. 교육청에서는 이니티움305가 로봇이라는 사실을 숨기고 배치해 달라는 요청을 했습니다만, 몇 차례에 걸친 교무회의와 학부모 대표 간담회에서 결정을 내렸습니다. 우리 귀중한 학생들을 속이는 일은 할 수 없다고 말이죠. 그래서……."

나는 교장 선생님의 한껏 점잔 빼는 연설에 귀 기울이지 않았다. 대신 무표정하게 서 있는 로봇을 뜯어보느라 정신이 없었다. 반 아이들은 교장 선생님과 담임선생님의 얼굴을 번갈아 쳐다보며 눈만 멀뚱거릴 뿐이었다. 당연한 반응이었다. 내가 아는 한 우리 반에서 인간과 구별이 어려울 만큼 고급 사양을 지닌 안드로이드를 본 아이는 한 명도 없기 때문이다. 인간의 작업장을 밀고 들어와 자리를 차지한 인공지능 로봇이라야 겨우 마트 계산원, 택시 운전기사, 도서관 사서, 체육 센터의 운동 강사 정도였다. 그런 기계들은 우리 학교에서 일하는 로봇들만큼이나 투박한 기계들이었고, 사람 외양을 흉내 낸다 한들 그야말로 로봇다운 딱딱한 외모를 지녔을 뿐이었다.

3학년 2반은 마른하늘에 날벼락처럼 찾아온 안드로이드를 어떻게 받아들여야 할지 몰라 혼란에 빠져들었다.

그때였다. 뒤쪽에서 우렁차고 단단한 목소리가 튀어나왔다.

"질문 있습니다. 이니티움이 무슨 뜻입니까?"

돌아볼 필요도 없다. 나의 태양, 나의 희망, 나의 왕자님 진용이다. 진용은 우리 반 반장이자 3학년 학생 대표다. 3학년 학생 대표니까 전교 회장이다.

진용은 1학년, 아니 초등학교 시절부터 우등생이자 모범생이었다. 큰 키에 어른스러운 품성, 명민한 두뇌와 그 모든 것을 빛나게 해 주는 자상함까지 두루 갖춘 에이스다. 내가 진용의 여자 친구가 되기 위해 초등학교 4학년 때부터 들인 땀과 눈물에 대해서는 길게 얘기하고 싶지 않다. 비록 아무도 모르는 비밀 여친이지만 내가 진용의 여자 친구라는 생각만 하면 자다가도 벌떡 일어나 실실 웃곤 했다. 그만큼 진용은 멋진 아이였다.

진용의 질문에 교장 선생님이 담임선생님을 곁눈질했다. 그때까지 꿀 먹은 벙어리처럼 가만히 서 있던 담임선생님이 얼른 입을 열었다.

"이, 이니티움이란……."

담임선생님이 더듬거리는데 로봇이 선생님의 말머리를 가로챘다.

"이니티움. 라틴어 철자로 I, n, i, t, i, u, m, 즉 '시작'이라는 뜻입니다. 딥 러닝은 하지 않은 상태로 인간과 똑같은 조건에서 학습하고 그 결과를 측정하는 첫 실험 로봇이 바로 저 이니티움305입니다. 그런데 여러분, 저를 그냥 이니라고 불러 주면 어떨까요? 저는 여러분과 똑같은 명신 중학교 3학년 2반 학생입니다."

나는 딥 러닝을 하지 않았다는 말에 살짝 놀랐다. 빅 데이터가 제공되지 않은 채 활동을 시작한 안드로이드는 그야말로 생활 환경과 학습 내용에 따라 천차만별의 결과치를 보인다고 알고 있었기 때문이다. 나는 얼른 주위를 두리번거렸다. 하지만 나처럼 동요하는 애들은 없었다. 단 한 사람, 진용만 빼고 말이다.

진용이 일어서서 대답했다.

"사실은 어젯밤, 학교 운영 위원회 회장이신 엄마에게 네 얘길 들었어. 로봇이 빅 데이터 탑재 없이 우리와 똑같은 조건에서 중등 과정을 거치면 어떤 시험 성적을 낼 수 있는지 실험하는 거라고. 그리고 너의 뛰어난 인지 기능을 감안해서 바로 3학년으로 배치시키는 거라고."

그 대답에 반 아이들의 휘둥그레진 눈이 진용에게로 모였다. 진용은 그런 다수의 시선에는 이미 익숙한 듯 흔들림 없는 표정으로 교탁 앞으로 걸어 나갔다. 그리고 이니에게 오른손을 내밀어 악수를 청했다.

"반갑다. 그리고 환영한다, 이니. 우리 일 년 동안 잘 지내 보자."

"그래, 나도 반갑다. 환영해 주어 고마워."

이니는 진용의 손을 맞잡았다. 얼굴에는 부드럽고 자신감 넘치는 미소를 장착한 채로 말이다. 진용과 이니가 힘찬 악수를 나누자 기다렸다는 듯 박수 소리가 터져 나왔다. 진용이 받아들이는 친구는 당연히 이 반 누구라도 받아들여야 하는 거다. 그제야 교장 선생님과 담임선생님의 긴장된 표정이 풀어졌다.

"인간과 로봇의 우정 어린 대결이라…… 정말 기대가 되는군요. 세간의 이목이 모두 이 3학년 2반에 쏠려 있으니 다들 분발해 주세요."

교장 선생님은 번드르르한 격려사를 남기고 교실을 나갔다. 담임선생님은 이니에게 자리를 정해 주고 태블릿 사용법을 가르쳐 주었다.

"원래는 제 안에 모든 수업 시스템이 저장되어 있어 필요 없지만, 인간 학생과 똑같이 학습해야 하니 사용하도록 하겠습니다."

이니의 말에 진용을 비롯한 아이들의 얼굴에 싸한 기운이 흘렀다. 아무래도 이니라는 로봇은 언행 학습부터 시급해 보였다.

이렇게 해서 이니의 전학 절차가 마무리되었다. 나는 단 몇

마디의 말로 상황을 깔끔히 정리하는 진용을 존경이 담뿍 담긴 눈으로 건너다봤다. 진용은 나와 눈이 마주쳤으나 모른 척 고개를 돌려 버렸다. 나는 순간 풀이 죽어 머리를 숙였다. 내가 진용의 여자 친구가 되고 매일같이 겪는 일이지만 절대 익숙해질 수 없는 한 가지가 바로 이거다. 모두 앞에서 무시당하기. 하지만 하는 수 없다. 진용이 나의 고백을 받아 주며 내건 조건은 단 하나, 비밀 연애였으니까. 나는 입술을 잠깐 깨무는 것으로 서운함을 눌러 버렸다.

아무도 이니 곁에 가지 않았다. 학기가 시작되고 두 달이 다 되어 가도록 이니에게 말을 거는 아이는 없었다. 다들 그저 이니를 힐끔거리며 속닥거리거나 자리 옆을 지나치며 슬쩍 곁눈질로 이니의 태블릿을 보는 게 다였다.

이니는 교실 맨 뒤 구석 자리에 앉아 숨소리도 내지 않고(로봇이니 당연한 일이지만) 수업만 들었다. 쉬는 시간에 잠깐씩 복도로 나가 이리저리 두리번거리며 걷기도 했지만 그게 다였다. 화장실을 가거나 식수대에서 물을 마시거나 하는 일도 없었고(이것도 로봇이니 당연한 일이지만) 아이들과 떠들며 교실에서 쿵쾅거리는 법도 없었다. 이니는 교실에 있는 것도 없는 것도 아닌 어정쩡한 존재였다.

아이들은 이니라는 존재의 이물감에 불편해했지만 그것도

두 달이 넘어가자 흐지부지해졌다.

이제 누구도 이니에게 관심을 갖지 않았다. 교실 뒤편 구석에 서 있는 대걸레나 벽에 붙은 공익광고 포스터처럼 무심한 구성물일 뿐이었다. 교과 선생님들도 이니에게만은 질문을 하거나 발표를 시키지 않았다. 그러고 보면 이니는 교장 선생님 외에는 그 누구에게도 환영받는 존재가 아닌 모양이었다. 다만 진용이 반장이라서 교실 내 규칙이라든가 청소 당번, 명찰 다는 법 등을 가르쳐 주는 게 다였다. 이니는 진용이 친절하게 설명해 줄 때마다 귀를 기울이며 고개를 끄덕이곤 했다. 하지만 표정에는 아무런 변화가 없었다.

진용이 청소 당번 날짜에 대한 설명을 마치자 이니가 고개를 숙이며 말했다.

"고맙습니다, 반장님."

"어이, 이니. 같은 반 친구끼리 누가 존댓말 쓰냐. 너 그렇게 로봇 티 내면 실망이다."

그 말에 이니가 고개를 양쪽으로 한 번씩 갸웃거리더니 눈을 한 번 떴다 감았다. 그사이 눈에서 묘한 광채가 잠깐 흘렀다.

"아, 그래. 미안해, 진용아. 내가 아직 서툴러."

이니가 진용의 어깨에 오른손을 얹으려고 팔을 뻗었다. 순간 진용 얼굴에 어색하고 일그러진 표정이 떠올랐다. 그건 나만이 읽을 수 있는 감정이다. 아주 불편하고 불쾌한 것을 억지로 참는 거다.

진용이 슬쩍 몸을 뒤로 뺐다.

"됐어. 학교생활에 대해서는 데이터가 아무것도 없다니 어쩔 수 없지."

진용은 얼른 친절한 미소를 지으며 이니의 어깨에 왼손을 얹었다.

"하나씩 차근차근 배워 나가면 될 거야. 사람도 다 그래. 태어나면서부터 아는 건 아무것도 없어."

나는 진용이 이니에게 친절하게 굴 때마다 가슴이 조마조마했다. 중간고사가 다가오고 있었기 때문이다. 3학년 첫 시험! 다들 말한다. 중학교 3학년 첫 중간고사 성적이 고등학교 3년 성적이라고.

한국의 출생률은 이미 바닥을 친 지 오래다. 고등학교에 진학하는 것은 전혀 어려운 일이 아니다. 학생 수는 모자라고 학교는 넘치니까. 많은 수의 학교들이 폐교되거나 합교되었다. 대학도 마찬가지다. 대학 입시는 적성 테스트에 가깝다. 물론 최상위권 대학은 경쟁률이 나온다. 하지만 그건 극소수의 천재들에게만 해당하는 얘기다. 그들만의 리그라고나 할까? 나처럼 평범하기 그지없는 학생들은 이미 중학교 1학년 때 진로 적성검사를 끝내고 어느 고등학교로 갈지, 혹은 대학에 진학을 할지 말지가 다 결정된다. 학교에서는 중학교 3년을 진로 탐색 기간이라고 귀에 못이 박히도록 말한다. 진로 적성검사도 매년 새롭게 실시한다. 그래 봤자다. 1학년 때 나온 결과가 3년 내에 변하는 경우는 거의 드물다.

나는 정부 기관이나 대기업의 안내 데스크 직원으로 취직할 수 있는 전문 고등학교로 갈 예정이다. 물론 중학교 3년 과정을 성실히 이행하고 큰 문제를 일으키지 않는다는 조건에서 말이다. 나처럼 평범한 학생들은 중간고사나 기말고사에 크게 스트레스 받지 않는다. 인공지능 프로그램이 제공하는 인지 학습 능력 테스트에서 나온 예상 점수 정도로 성적을 유지하기만 하면 된다. 하지만 진용 같은 우등생들은 이야기가 다르다. 나라를 이끌어 갈 초인재 그룹에 속하려면 치열한 경쟁을 뚫고 국립 정치대학에 입학해야 한다. 그러려면 우선 고등학교부터 잘 가야 한다.

국립대학 준비반을 운영하는 고등학교는 국내에 단 세 곳! 지금 진용이 도전하고 있는 학교는 그중에서도 으뜸을 달리는 사립학교다. 그만큼 진용은 엄청난 압박감에 시달리고 있다. 그런데 우리 가여운 진용에게 귀찮은 방해물이 나타난 거다. 바로 이니라는 안드로이드다. 로봇의 인간화 실험이 왜 하필이면 우리 학교, 우리 반에서 이루어져야 하는지는 잘 모르겠다.

진용이 공부에 몰입할 환경이 좀처럼 만들어지지 않았다. 나는 진용의 신경이 곤두설 대로 곤두선 걸 알고 있었다. 그 정도는 여자 친구라면 당연히 알게 된다. 나는 진용의 눈치를 보느라 전전긍긍했다.

우리 사정이 그러거나 말거나 이니의 학교생활은 일주일이 멀다 하고 뉴스니 기획 취재니 하며 매스컴에서 다루어졌다. 중간고사 즈음해서는 어처구니없게도 이니의 팬클럽 여학생들이 교문에서 진을 치고 이니의 하교를 기다리는 일이 벌어지기도 했다. 이니 때문에 어수선한 학교 분위기가 나는 정말 불안했다.

중간고사를 하루 앞둔 화요일 오후, 진용은 교문을 나서며 앞서 가던 이니를 불러 세웠다.

"어이, 친구! 준비는 다 했어?"

나는 여느 때처럼 열 발자국 뒤에서 진용을 따라가고 있었다. 진용과 이니가 이야기 나누는 소리가 또렷이 들렸다.

"문제집 두 권 풀었고 전 과목 복습 한 번 했어."

이니는 대답하며 멈추었던 발을 움직였다.

진용이 이니의 등에 대고 다시 말을 걸었다.

"어젯밤에 공부한 게 그거란 말이지?"

"아니, 어젯밤에는 수학과 과학 다 해서 기출문제지 열다섯 쪽 풀었어. 태블릿 복습은 일주일 전부터…….

이니가 보고하듯 공부한 분량을 읊어 대는데 진용이 짜증을 냈다.

"너 혹시 정해진 시간보다 더 공부하는 건 아니겠지, 설마?"

그 말에 이니가 발걸음을 멈추고 진용을 똑바로 쳐다봤다.

"하루 최대 다섯 시간 학습, 학교 수업 7교시를 빼고 집이나 학교 자율 학습실에서 공부하는 시간 최대 다섯 시간. 이 외에는 더 이상 공부할 수 없어."

진용은 이니의 무표정하고 차분한 대응에 이맛살을 찌푸렸다.

"알아! 알아! 넌 그냥 프로그래밍된 기계 덩어리일 뿐이라는 거!"

진용의 말에 나는 뒤쫓던 걸음을 멈추었다. 진용의 목소리에 짜증이 잔뜩 배어 있었다. 그럴 때 진용은 삽시간에 돌변한다. 이렇게 보는 눈이 많은 교문 앞에서 그런 모습이 튀어나오면 안 된다.

나는 후다닥 뛰어 진용과 이니 가운데에 섰다.

"진용아! 너 학원 보충 있다고 하지 않았어? 늦겠다."

진용은 칼날 같은 눈으로 나를 힐끗 쳐다보더니 밀어냈다.

"로봇 주제에 사람과 똑같이 공부하겠다고? 똑같은 조건이라는 전제 자체가 인간에겐 모멸이라는 걸 모른단 말이야? 하여튼 똑똑하다는 어른들이 하는 짓은 하나같이!"

그러나 이니는 아무런 동요 없이 진용의 말을 받았다.

"중학생 권장 일일 학습 최대 다섯 시간. 그 이상의 공부는 성장기 청소년의 심신에 무리를 줄 수 있으며, 이는 향후 고등학교 3년의 대입 시기에 부정적 영향을 끼치는 잠재적 요인으로 작용할 수 있다. 하루 다섯 시간의 학습은 최대 주 5회를 넘지 않아야 하며 매시간마다 10분씩 휴식 시간을 가져야 한다. 더불어 주말을 이용한 운동을 권장한다. 이는 장시간 학습에 노출되어 피로해진 신체와 정신에 건강한 에너지를 재충전하는 기회를 제공하기 위함이다."

이니가 '국민교육헌장'을 낭독하듯 자신의 인공지능 하드웨어에 저장되어 있는 '중학생을 위한 표준 학습 시간' 지침을 읊었다.

진용이 입꼬리를 비틀었다.

"하지만 사람은 말이야, 의지의 동물이거든. 마음 독하게 먹고 진득이 앉아 버티면 일주일 내내 매일 여덟 시간씩 공부할 수 있단 말이지. 난 초등 4학년 때부터 그래 왔거든."

이니는 진용이 자신을 향해 비아냥대듯 눈을 내리까는 걸 조용히 바라보았다. 그리고 무언가 처음 학습할 때 하는 버릇처럼 고개를 좌우로 한 번씩 갸우뚱하더니 눈을 깜빡였다. 그러나 매번 눈동자를 스치던 광채는 보이지 않았다.

진용은 이니의 모습을 쏘아보다 커다랗게 한숨을 내쉬었다.

"하긴 그놈의 의지 때문에 되레 하루에 한 시간도 공부를 못하고 날리는 경우도 있긴 하지만 말이야. 야, 안드로이드! 너 그거 아냐? 난 말이야, 네가 딱 하루에 다섯 시간만 공부할 수 있다는 게 신경 쓰인다 이 말씀이야. 겨우 그것 가지고 이번 중간고사에서 나보다 좋은 성적이 나오면 난, 난……, 에잇! 모르 겠다!"

진용은 혼잣말처럼 내뱉고는 휑하니 이니 앞을 떠났다. 나는 화들짝 놀라 얼른 진용을 쫓아갔다.

진용과 나는 학교에서 버스로 다섯 정거장 떨어진 큰길가를 나란히 걸었다. 그것 또한 진용이 내게 내민 조건 중 하나였다. 학교 반경 1.5킬로미터 이내에서 우리는 서로를 아는 체하면 안 된다. 하지만 안전지대로 들어서면 나는 진용과 손도 잡을 수 있고 다정하게 수다를 떨 수도 있다. 나는 이런 진용의 용의주도함에 마음 깊이 감탄하고 있었다. 진용과 내가 사귀는 걸 들키면 나한테 좋을 게 없을 거라는 진용의 사려 깊음이 고마웠다. 모든 여학생의 선망을 나처럼 보잘것없는 '중간 성적'이 독차지하고 있다는 게 알려진다면 나는 그날로 왕따에 사이버 테러 대상이 되는 거였다.

우리는 버릇처럼 큰길가 귀퉁이에 있는 골목으로 들어갔다.

"진용아! 이니 같은 로봇한테 신경 쓰지 말고 평소대로 페이스 유지해."

나는 진용의 눈치를 보며 말을 이었다.

"어떻게 너처럼 훌륭한 학생과 그런 실험용 로봇을 비교하겠……."

"야, 입 닥치고 가만있어!"

나는 진용이 씹어뱉는 말에 어깨를 움츠렸다.

"네까짓 게 뭘 안다고 씨불이는 거야? 머리도 나쁜 게! 그리고 아까 그건 뭐야? 왜 교문 앞에서 말 시키고 난리야? 애들한테 들키면 어쩌려고!"

나는 눈물이 불쑥 솟구쳐 눈가가 벌겋게 달아올랐다.

"미, 미안해. 나는 네가 위태로워 보여서 그만……."

"위태로워? 내가? 야, 너나 잘해!"

또 시작이었다. 진용의 히스테리! 진용은 시험 때만 되면 나를 괴롭혔다. 온갖 욕을 해 대고 어쩔 땐 일부러 이별 통보를 해서 나를 숨 막히게 했다. 물론 이런 심술은 시험이 끝나면 감쪽같이 사라진다. 자기가 한 말을 전부 다시 주워 담고 이별 통보는 철회한다. 내게 미안하다며 맛있는 빙수도 사 주고, 좀 심했다 싶을 때는 작은 선물을 사 주기도 했다. 나는 진용에게 맛있는 걸 얻어먹으면 너덜너덜해졌던 마음이 싹 낫는 느낌을 받았다. 맛있는 음식만큼 나를 위로하는 것도 세상에 없다.

내 팔목에 걸려 있던 가느다란 팔찌 역시 진용이 나를 위해 준비한 선물이었다. 2학년 1학기 기말고사 마지막 날, 진용은 내게 그만 좀 떨어져 나가라고 소리를 지른 적이 있다. 소리만 지른 게 아니었다. 자신의 옷소매를 붙들고 매달리는 나를 떼어 내느라 내 팔목을 거세게 잡아 비틀었다. 때문에 나는 여름방학을 코앞에 둔 더운 날씨였는데도 한동안 긴팔 옷만 입고 다녀야 했다. 팔목에 검푸른 멍 자국이 생겼기 때문이다. 기말고사가 끝나고 이틀 후 진용은 멍든 내 오른 팔목에 가느다란 팔찌 하나를 채워 주었다. 나는 너무 고마워 눈물까지 흘렸지만 진용은 오히려 고맙고 미안하다며 나를 꼭 안아 주었다.

어쨌든 오늘 같은 날은 최대한 진용의 비위를 맞춰 주어야 했다.

"미안해, 진용아. 네 기분도 모르고 떠들어서."

나는 기어드는 소리로 말했다.

"제기랄! 젤 재수 없는 게 뭔지 알아?"

"응? 뭔데?"

"이닌지 아닌지 저 새끼 도대체가 감정이 없어. 무슨 말을 해도 맨날 똑같은 표정, 무슨 일을 당해도 맨날 똑같은 목소리! 정말 징그럽지 않냐?"

그건 진용의 말이 맞다. 이니는 무슨 일을 당하건 무슨 말을 듣건 한결같다. 사실 그건 당연한 일이다. 이니는 로봇이니까. 로봇은 인간의 감정을 흉내 낼 수는 있어도 감정을 스스로 만들어 내지는 못한다. 하지만 진용을 봤을 때, 사람이 로봇에게 갖는 것은 감정이 전부였다. 진용은 이니의 출현 이후 내내 안절부절못했다. 그건 나만이 알아채는 진용의 모습이었다. 진용은 부모님에게조차 속마음을 터놓지 않았다. 진용이 유일하게 약한 얼굴을 보이는 건 오직 나, 오지영 한 사람뿐이다.

"어? 왜 대답이 없어? 너 또 내가 말하는데 멍때리고 있지!"

뭐라고 대꾸를 하려는데 진용이 내 머리를 툭 쳤다. 나는 휘청하며 한 걸음 물러섰다. 그즈음 진용에게 맞는 횟수가 잦아지고 있었다.

"아니야! 이니가 어땠는지 기억하느라고 잠깐 그런 거야."

"거짓말하지 마. 너 지금 내 말 안 듣고 딴생각했어!"

진용이 한 발 다가서며 오른팔을 쳐들었다.

"엄마!"

나는 눈을 질끈 감고 두 팔로 머리를 감쌌다. 이번에 떨어질 주먹은 꽤 아플 것 같은 예감이 나를 뒤흔들었다.

그때였다. 골목 입구에서 낯익은 목소리 하나가 튀어나왔다.

"거기 오지영 아니야?"

깜짝 놀란 나와 진용이 그쪽을 바라보았다. 동시에 진용은 얼른 내 뒤로 몸을 숨겼다. 거기엔 뜻밖에도 이니가 서 있었다.

나는 본능적으로 이니에게 진용을 들키면 안 된다는 생각이 들었다.

"어? 이니! 너 여기 웬일이야?"

나는 일부러 큰 소리로 대답하며 골목 밖으로 나갔다. 그사이, 진용은 골목 반대편으로 서둘러 빠져나갔다.

"어? 혼자 있었어?"

이니는 텅 빈 골목을 건너다보며 물었다.

"그, 그럼. 근데 넌 여기 웬일이야?"

나는 얼른 말머리를 돌리며 이니를 큰길가로 이끌었다.

"진용이 목소리도 들렸는데."

이니는 고개를 갸웃거리며 골목 안쪽에서 눈길을 떼지 않았다. 로봇은 로봇이다. 내가 한껏 나 혼자였다고 강조했지만 로봇에게 눈치껏 넘어가 주는 센스 따위가 있을 리 없었다.

"진용이도 같이 있었던 거 아니야?"

"내일이 중간고사 시작인데 집에 가서 공부 안 해?"

내가 또다시 이니의 관심을 다른 곳으로 돌렸다. 이니는 공부라는 단어에 반응했다.

"서점에서 문제집 하나 사서 가려고 나왔어. 수학 문제는 유형별로 많이 풀어 봐야 유리하다고 해서."

"태블릿에 있는 기출문제는?"

"이미 다 풀었어."

"그걸 다? 와! 대단하다. 근데 문제집은 온라인으로 주문하면 되지 뭐 하러 서점까지 가냐?"

"나는 사람들이 하는 대로 해 보는 게 목표야."

"사람 흉내 내는 거야? 웃긴다, 야."

"웃기는 건 사람이지. 서점이 왜 필요하지? 네 말대로 온라인으로 다운받을 수 있는 걸 왜 서점까지 나가서 무거운 종이책을 사는지 이해가 안 돼. 그래서 똑같이 한번 해 보면 무슨 답을 얻을 수 있지 않을까 해서."

나는 '이건 뭐지?' 하는 생각이 들었다. 왠지 이니가 실험용 로봇이 아니라 인간이 이니의 실험 대상인 것만 같았다.

이니는 멍한 내 얼굴을 들여다보았다.

"근데 너 아까 정말 혼자였어?"

나는 재빨리 이니의 팔짱을 꼈다.

"잘됐다. 나도 서점 가는 길인데, 같이 가자."

"너도 문제집 사러 가는 거야?"

이니의 물음에 나는 호탕하게 하하 웃었다.

"야, 나는 너희들 같은 우등생과가 아니거든요. 서점 5층에 있는 초밥집에 가는 거야."

그건 거짓말이 아니었다. 내게는 취미이자 버릇이 하나 있다. 진용에게 시달리고 난 후엔 꼭 맛집을 찾아간다. 가서 맛있는 음식을 먹으며 스트레스를 푼다. 맛있는 걸 먹을 때는 마음이 평화로워지고 행복해진다. 맛있는 음식을 실컷 먹으면 웬만한 화와 슬픔은 다 풀리고 가라앉는다. 시험 기간이 끝나고 진용이 사 주는 음식을 기다리기엔 내 안에 쌓인 스트레스가 너무 크다.

이니와 나는 근처에 있는 대형 서점으로 갔다. 나는 이니가 수학 응용 문제집을 사는 동안 기다렸고, 이니는 내가 초밥집에서 '오늘의 초밥 정식'을 다 먹을 때까지 앞에 앉아 있었다. 내가 그렇게 해 달라고 부탁했다. 혼자 밥 먹는 것에 아무리 익숙해졌다지만 그래도 누군가 탁자에 마주 앉아 있으면 밥맛이 더 나는 법이다. 그게 비록 로봇이라 하더라도 말이다.

이니는 새로 산 문제집을 천천히 살펴보다 간간이 고개를 들어 나를 바라보았다. 순간 이니가 진짜 친구처럼 느껴졌다. 초밥을 나누어 먹지 않아도 안 미안한 친구. 이런 녀석 하나쯤 있어도 나쁠 것 없다는 생각이 들었다. 혼밥 할 때마다 이니를 불러내면 어떨까 하는 궁리가 머릿속을 빠르게 지나갔다.

중간고사 결과는 '예상대로'이자 '뜻밖'이었다. '예상대로'라는 말은 인공지능 로봇의 학습 능력이 이미 인간의 그것을 뛰어넘을 것이라는 모두의 짐작이 맞았다는 뜻이다. '뜻밖'이란 이니를 이기기 위해 기를 썼던 진용의 성적이 오히려 떨어진 사건이었다. 진용은 시험 평점이 지난 학년 기말고사보다 5점이나 떨어졌다.

학교에서는 공식적으로 전교 석차를 매기거나, 매긴다 하더라도 공개하지 않는다. 이건 교육청에서 정한 시책이었다. 하지만 중간고사가 끝나고 한 시간도 안 되어 모든 SNS에는 전교 석차가 바로 떠 버린다. 항상 1등을 놓치지 않던 진용은 전교 5등이었다. 1등은 이니였다.

교장 선생님은 각종 매스컴과의 인터뷰로 눈코 뜰 새 없이 바빠졌고, 교무실은 이니의 존재에 대한 찬반론으로 시끄러웠다.

로봇의 인간화 실험을 중단하는 것이 명문고에 입학해 학교의 명예를 드높여 줄 우등생들에게 이롭다는 쪽이 하나였다. 그에 반해 이니의 존재가 오히려 우등생들에게 자극이 되어 성적을 올려 줄 거라는 쪽이 나머지였다. 두 진영은 팽팽히 맞서며 입씨름을 해 대는 모양이었다.

진용은 시험 성적이 나오자 넋이 나간 듯 허우적댔다.

"나 이제 어떡하지?"

골목 안에 선 진용은 손을 벌벌 떨며 나를 쳐다보았다. 어미 잃은 강아지처럼 축축하게 젖은 눈을 하고 내 대답을 기다리는 진용이 너무나 애처로웠다. 냉정하게 얘기한다면 이니의 성적이나 등수는 공식적인 것이 아니었다. 이니가 낸 성적은 그냥 실험 결과일 뿐이다. 그러니까 이니가 아무리 전교 1등을 했다 하더라도 실제 학적부에는 2등인 설민주가 전교 1등으로 기록되는 것이다. 진용의 경우엔 5등이니까 기록은 전교 4등이 되는 셈이었다.

"걱정 마. 진짜 등수도 아니고 실험 결과인데 뭘. 그리고 넌 분명히 기말엔 다시 1등 자리를 되찾을 거야. 그러니까……."

내가 진용의 땀에 젖은 손을 잡아 주려고 팔을 뻗는데 진용이 버럭 화를 냈다.

"너 같은 돌대가리가 전교 1등 자리에서 밀려난다는 게 어떤 건지나 알아? 평균 점수가 5점이나 떨어졌다는 게 무슨 뜻인지 알기나 하냐고!"

진용이 갑자기 돌변해 으르렁댔다. 1분 전까지 끼끼거리던 새끼 개가 순식간에 미친 늑대로 변하는 꼴이었다. 나는 가슴이 졸아붙어 숨을 쉬기 힘들었다. 시험 때마다 겪는 일이지만 절대로 적응할 수 없는 게 진용의 이런 변덕이었다.

물론 나 같은 '중간 성적'이 '정상급' 진용의 마음을 감히 헤아릴 수는 없을 터였다. 죽었다 깨도 진용이 받는 스트레스는 맛도 못 볼 거다. 그래서 나는 진용 옆에 붙어 있었다. 그런 엄청나고 대단한 일을 견디며 해내는 승리자 옆에서 그 기분을 만끽하고 싶었다.

나는 진용이 전교 회장에 뽑히고 교육청에서 학년마다 주는 모범 우등생 상장을 타면 신이 났다. 마치 내가 전교 회장이 되고 우등생이 된 것 같은 기분이 들었다. 그러니 진용이 스트레스를 푸느라 내게 욕을 하고 손찌검을 해도 참아야 한다고 마음먹었다. 결국 그날도 나는 진용에게 머리통을 세 대나 얻어맞았다. 때릴 때마다 이유도 각각이었다. 진용의 말귀를 못 알아먹은 죄, 대답이 진용의 마음에 들지 못한 죄, 그리고 마지막은 그냥 나라는 존재 자체가 짜증을 불러일으키는 죄. 그래도 나는 꾹 참고 신음 소리 한번 내지 않았다. 진용처럼 대단한 남자 친구를 갖기 위한 대가라고 생각했다.

그런데 안타깝게도 상황은 점점 더 나빠져만 갔다. 1학기 기말고사 때도 전교 1등은 이니, 진용은 그나마 나아진 전교 3등이었다. 진용은 2학기를 벼르며 여름방학 내내 학원과 독서실에서 살았다. 뜨거운 햇볕이 내리쬐는 더위에도 진용은 핏기 없는 희멀건 얼굴로 알레르기 비염에 시달렸다.

나와 진용이 만나는 횟수도 점점 줄어들었다. 진용이 공부로 너무 바쁜 탓도 있었지만 나 역시 진용을 만나는 게 점점 덜 설렜다. 진용을 만나러 갈 때마다 가슴이 두근거리다 심하게 조이기를 반복했다. 막상 진용을 보면 모든 두려움과 불안이 눈 녹듯 사라지지만 그때뿐이었다. 진용이 내 말꼬리를 잡고 싸움을 걸거나 내게 어려운 문제를 풀어 보라며 괴롭힐 때마다 가슴이 커다란 돌에 눌린 듯 답답하고 숨이 가빠졌다.

"너 요즘 살쪘다. 노출의 계절인데 몸매 관리 안 하냐?"

기껏 입고 나간 분홍 원피스를 진용이 아래위로 훑더니 타박을 놓았다.

나는 무안하고 창피해 얼굴이 빨개졌다.

"너 안내 데스크 직원으로 취업하기로 되어 있다면서? 그런 애가 외모에 무신경해도 되냐? 아, 진짜 같이 다니기 창피해서."

할 말이 없었다. 그즈음 부쩍 맛집을 찾아다니며 폭식을 한 게 사실이었다. 그날 나는 아무런 대꾸도 하지 못한 채 진용이 나를 버려두고 제 갈 길로 가는 걸 멍하니 바라보기만 했다.

3학년 마지막 학기가 시작되었다.

이니의 상황은 조금씩 나아지고 있었다. 아이들과 농담도 주고받고 체육 시간에는 여자애들 입이 떡 벌어질 정도로 멋진 덩크 슛을 선보이기도 했다. 차츰차츰 시험 성적만을 위한 실험 로봇이 아닌 3학년 2반의 학생 중 하나로 녹아들었다.

지난번, 우연히 이니를 만나 초밥을 먹으러 갔을 때였다.

식당을 나오다 이니가 내게 물었다.

"가끔 네가 음식점 올 때 같이 와도 돼?"

나는 마지막 초밥을 먹으며 스쳤던 생각이 떠올라 반가운 마음이 들었다. 혼밥 할 때만 부르는 부담 없는 친구 말이다. 속마음을 들킨 것 같아 얼굴이 잠깐 달아올랐지만 시치미를 떼고 되물었다.

"어? 안 될 건 없지만…… 왜? 넌 밥 먹을 필요 없잖아."

"나는 필요 없지만 넌 필요하잖아."

"……."

나는 이니를 쳐다보았다. 그 말을 듣는 순간, 그 애가 진짜 사람 같아 보였다. 이니는 내가 자기를 뚫어져라 쳐다보자 눈을 한 번 깜빡 하더니 말했다.

"거절하는 거야?"

나는 "아니, 아니" 하고 손사래를 쳤다. 그날 이후, 나는 맛집 순례에 나설 때 이니에게 문자를 먼저 보내기 시작했다.

숨 막히는 여름이 가고 짧은 가을이 왔다. 푸른 하늘이 드높던 날, 나는 이니를 데리고 서점에서 조금 떨어진 빌딩으로 들어갔다. 거기엔 요즘 맛집 사냥꾼들이 총알 다섯 개를 안긴 식당이 있었다. 이니와 나는 3층으로 올라가 기다란 줄 끝에 섰다. 맛집은 다 좋은데 대기 시간이 괴롭다. 미리 예약도 안 되고 번호표를 주는 것도 아니다. 그냥 그 집 정문 옆에 줄줄이 늘어서서 이 집이 얼마나 인기 있는 집인지를 온몸으로 광고해 주어야 입장 허가가 났다.

"이니야, 오늘 우리 여기 오는 거 아무도 모르지?"

나는 종아리가 뻣뻣해지는 걸 느끼며 물었다.

"응, 진용이는 오늘 사립 고등학교 입학 설명회에 갔어."

이니의 대답에 내가 발끈했다.

"누가 진용이 말이래? 반 애들도 너랑 나랑 같이 다니는 거 알면 좋을 게 없으니까 그렇지."

내 말에 이니는 아무 대답도 하지 않았다.

그러는 사이, 차례가 되어 우리는 식당 안으로 들어갔다.

철판에서 지글지글 끓어 대는 두툼한 쇠고기 패티, 그 위로 흐르는 다갈색 양송이 소스와 치즈……. 나는 훌륭한 음식을 보면 우선 어떻게 만들어졌는지 레시피를 분석한다. 맛집일수록 레시피 공개는 절대 안 하지만 나는 두세 번만 먹어 보면 대충 흉내 낼 수 있을 정도로 미각 분석력을 가지고 있다.

"햄버그스테이크의 쇠고기 패티는 되도록 단순하게 간을 해야 해. 소금과 후추, 맛술 정도로 고기 잡내를 없애 주면 되는 거지. 나머지는 소스에서 해결해야 해. 단맛과 신맛의 조화를 위해 양파와 케첩의 비율을 잘 맞추는 게 비결이야. 양파는 꼭 갈색 빛이 돌 때까지 약한 불에서 볶아 줘. 그래야 부드러운 단맛을 낼 수 있거든."

이니는 내 수다를 조용히 들으며 음식과 나를 번갈아 쳐다보았다. 그냥 보는 게 아니라 관찰이었다.

"아, 이제 제대로 먹어야징!"

레시피 견적이 나오면 나는 세상 누구보다도 너그러워지고 착해진다. 그냥 다 잊고 맛을 음미하는 미식가가 될 뿐이다.

나는 햄버그스테이크를 커다랗게 잘라 입안에 쏙 넣고 우물거렸다. 구수하고 부드러운 육즙과 풍미 가득한 소스가 완벽하게 어우러지면서 나를 행복하게 만들었다.

"크! 바로 이 맛이야. 왜 다른 데는 이런 햄버그스테이크를 못 만드는 거지?"

이니가 내 입으로 끊임없이 들어가는 쇠고기 조각을 바라보다 눈을 깜박였다.

"맛있다는 건 뭐야?"

뜬금없는 질문이었다. 나는 포크질을 멈추었다.

"맛있다는 건 말 그대로 좋은 맛이 느껴진다는 뜻이지."

"느낀다는 건 뭐야?"

넘기던 햄버그스테이크 조각이 목구멍에 탁 걸렸다.

"느낀다는 거? 음, 그러니까 그건……."

내가 대답할 말을 찾지 못해 우물거리는데 이니가 말을 이었다.

"감각은 촉각과 시각, 청각과 후각 그리고 미각인데, 로봇이 이해할 수 없는 감각은 사실상 없어. 미각은 단맛, 짠맛, 신맛, 쓴맛, 감칠맛으로 구분되지. 로봇은 입력되어 있는 데이터로 미각을 분석하고 판단해. 그래서 단맛이 어떤 효과를 가지고 있는지, 쓴맛이 인간 신체에 어떤 반응을 나타내는지 잘 알아. 그런데 '맛이 있다, 없다'라는 느낌은 뭔지 모르겠어. 네가 맛있다고 평가한 음식을 먹을 때 말이야, 너의 전반적인 신체 반응은 정말 놀랍거든. 수치화하기 어려울 정도로 복잡한 감정 상태를 드러내고 바이탈 수치가 순식간에 변해. 도대체 맛있다는 느낌은 어떤 거야?"

정말 이럴 때는 이니가 로봇이라는 사실을 깜빡 잊고 있던 나 자신에게 놀라게 된다.

나는 포크와 나이프를 내려놓고 물을 한 모금 마셨다. 그리고 마음을 차분히 가라앉힌 뒤 말문을 열었다.

"느낌이란 건 말이야, 말로 설명될 수 있는 게 아니야. 만약 '맛이 있다, 없다' 같은 극히 개인적인 느낌을 네 말대로 수치화

할 수 있다면 그건 이미 사람이 느끼는 미각이 아닐 거야."

이니는 내 말을 알아들었는지 못 알아들었는지 두 눈만 껌뻑거릴 뿐이었다.

"그래서 아직 요리는 로봇이 할 수 없는 직업 영역인 거야. 컴퓨터에 입력된 조리 방법대로 음식을 만든다고 해도 사람들은 로봇이 만든 음식과 사람이 직접 요리한 음식을 귀신같이 구분하거든."

이니가 고개를 갸웃했다.

"공장에서 자동화 시스템으로 조리한 급식소 음식만 먹는 사람들은 뭐야? 연구 논문에서 보니까 그들은 로봇과 인간이 조리한 음식을 구분해 내지 못한다는 실험 결과가 있던데."

나는 물론 그런 논문은 읽어 본 적이 없었다. 그래도 이니가 하는 말이 무슨 뜻인지는 알아들었다.

"사람의 입맛은 신비해서 어떻게 길을 들이냐에 따라 달라져. 네가 말한 인스턴트 음식만 먹던 사람은 그 맛에만 익숙해져서 요리사마다 달리 내는 다양한 맛을 경험하지 못했기 때문에 구분하지 못하는 걸 거야. 쉽게 말하자면 맛을 알아차리지 못하는 거지. 그래서 오히려 익숙하지 못한 맛에는 거부감을 나타낼 수도 있어."

이니는 장황한 내 대답에 눈을 깜빡였다.

'또 학습 중이군.'

햄버그스테이크가 식고 있었다. 나는 얼른 고기를 잘라 입으로 가져갔다.

"야, 그만 좀 쳐다봐. 남 먹는 거 그렇게 관찰하듯 보는 것도 실례다, 너."

내가 쥐어박는 시늉을 하자 이니가 빙긋 웃었다.

"음식을 맛있게 먹는다는 느낌, 그 기분이 정말 궁금해."

나는 진지한 표정으로 로봇을 타일렀다.

"네가 사람들 사이에 섞여 사람처럼 공부하고 생활한다고 사람이 되는 건 아니야. 너무 욕심내지 마. 넌 너대로의 개성과 장점이 있잖아."

이니가 고개를 가로저었다.

"사람이 되고자 하는 계획은 없어. 그냥 궁금할 뿐이지."

나는 이니의 딱 부러진 대답에 머쓱해졌다.

이니는 내 앞에 놓인 접시들을 훑어보다 나와 눈이 마주치자 또 한 번 빙그레 웃었다. 나는 이니의 짜인 각본 같은 미소가 어색하고 안쓰러웠다.

2학기는 1학기보다 시간이 배는 빨리 갔다. 개학하고 진로 최종 상담을 하고 나자 바로 중간고사 기간이 닥쳤다. 나의 진로 계획은 변함없이 안내 데스크 응대 직원이었다. 나는 손에 들린 적성검사 결과지를 가만히 접어 교복 주머니에 넣었다.

중간고사에서 이니가 1등, 진용이 2등을 차지했다. 나는 진용이 슬슬 컨디션을 되찾는 것 같아 마음이 놓였다.

"여름방학 동안 숨도 안 쉬고 공부한 덕분이지."

진용은 여유 만만한 표정으로 종합 비타민 주스를 쭉쭉 빨며 말했다.

나는 진용의 입으로 빨려 들어가는 액체를 경멸스럽게 쳐다 봤다. 오줌처럼 누런 색깔의 저 인공 합성 음료는 사람이 먹을 만한 게 아니다. 그러나 진용은 언제나 그 주스를 사 마셨다. 집 중력 향상과 피로 회복에 좋다는 이유였다.

"그래도 아직 끝난 게 아니야. 기말에는 기필코 내 자리를 되 찾고 말겠어."

진용은 어금니를 사리물며 주먹을 흔들어 댔다. 나는 모처럼 좋아진 진용의 기분이 다칠까 봐 아무 말도 못 하고 고개만 끄 덕였다.

"근데 오지영, 너 말이야. 요즘 이상한 소문 돌더라."

"무슨 소문?"

"너 로봇하고 데이트하고 다닌다며?"

"뭔 소리야? 내가 무슨 로봇이랑 데이트를 해?"

"이니랑 시내 서점에 같이 있는 걸 봤다던데? 너 그 로봇이랑 친하냐? 친하다는 표현 자체가 말이 안 되지만."

나는 가슴이 철렁 내려앉았다. 이니와 친한지는 잘 몰라도 시내 서점에서 같이 돌아다닌 건 맞기 때문이었다. 그리고 보니 2학기 들어서 분위기가 좀 이상하기는 했다. 나와 늘 붙어 다니던 서우와 민지는 말도 없이 특별활동 과목을 탁구에서 아이돌 댄스로 바꿨다. 나는 탁구 시간에 같이 칠 상대가 없어 매번 벤치에서 자리만 지키게 되었다. 그뿐만이 아니었다. 얼마 전부터 서우와 민지는 나와 앙숙이던 재은과 몰려다니기 시작했다. 1학년 이후로 나는 재은과 말도 섞지 않는 사이였다. 재은이 나에 대해 고약한 소문을 퍼트렸기 때문이다. 그런 내 사정을 뻔히 알면서도 단짝인 서우와 민지가 재은과 친구 맺기를 하다니 이해할 수가 없었다. 나는 재은 때문에 두 친구 근처에도 가지 못한 채 교실에서 혼자 빙빙 떠돌았다.

나는 갑자기 변한 생활에 불안감을 느꼈지만 진용은 이런 내 처지를 보고도 아무런 말이 없었다. 도움의 손길은커녕 진용은 내게 로봇과 사귀냐는 질문을 해 대고 있었다.

"너도 알잖아. 요즘 나 서우, 민지랑 같이 안 다녀. 이니는 그냥 한두 번 서점에서 마주친 게 다야."

"너 설마 걔네들이 왜 따시키는지 모르는 거냐?"

"따라니? 내가 뭘 잘못했는데?"

"지금처럼 거짓말하면서 로봇이랑 어울려 다니잖아. 그게 따당하는 이유야."

진용은 코웃음을 치며 나를 삐딱하게 쳐다봤다. 그 눈빛을 보자 처음으로 이상한 생각이 들었다. 정말 이 애가 나랑 사귀는 애 맞나? 어떻게 나를 좋아한다는 애 얼굴에서 저런 표정이 나올 수 있지? 나는 머리가 어지러웠다. 내가 대꾸를 못 하고 씨근덕거리자 진용이 내 어깨에 손을 얹으며 나직이 말했다.

"지영아, 내가 네 억울한 마음 다 알아. 너 누명 벗고 싶지?"

"응? 응!"

"그럼 내 말 잘 들어. 이제 내신은 기말고사 하나만 남았어. 나 시험 망치면 안 돼. 내 인생 자체가 망가진다고. 네가 나 좀 도와줘라."

"뭘 도와줘?"

"이니의 태블릿을 훔쳐 오든 망가트리든 둘 중에 하나만 해."

"뭐? 말도 안 돼!"

내가 머리를 흔들자 진용이 바짝 다가와 섰다.

"너도 알잖아. 우리 인간은 인공지능을 이길 수 없어. 지금 우리 반, 아니 내가 당하고 있는 건 다 개또라이 짓이라고!"

진용은 또라이 짓거리엔 또라이 짓으로 응대해 주는 게 공평하다고 말했다.

"딥 러닝을 하지 않은 채 인간과 학습 능력을 겨룬다고? 웃기고 있네. 슈퍼카에 내비게이션 안 달았다고 못 달리냐? 우린 저 로봇에 비하면 기어를 조작해야 하는 이륜구동 똥차란 말이지. 이니를 만든 로보티아, 그 대기업 놈들! 지들 안드로이드 홍보 마케팅을 아무 죄 없는 중학생을 밑밥 삼아 공짜로 해 대고 있는 거라고. 아, 물론 교장 선생님이야 사정이 좀 다르겠지만."

이미 얘기했지만, 진용 엄마는 학교 운영 위원회 회장이다. 그래서일까? 진용은 평범한 나는 절대 알 수 없는 학교의 기밀도 훤히 꿰고 있는 것 같았다. 그런데 이상한 점이 하나 있었다. 만약 저렇게 진용에게 해만 되는 이니라면 왜 진용 엄마는 이 실험 프로젝트에 찬성했을까? 자기 아들이 받을지도 모르는 피해를 전혀 예상하지 못했던 것인가? 진용만큼이나 철두철미하고 용의주도하다는 진용 엄마인데 말이다. 내 의구심은 다음에 이어지는 진용의 혼잣말로 금세 풀리고 말았다.

"뭐? 인공지능 로봇과 경쟁해서 이기면 국립대학 조기 입학은 따 놓은 당상이라고? 엄마도 미쳤지, 미쳤어!"

진용이야말로 미친 사람처럼 중얼거리다 고개를 번쩍 들었다.

"야! 오지영, 너 내 말 잘 들어. 기말고사엔 무슨 일이 있어도 내가 그 기계 덩어리를 깔아뭉개고 전교 1등이다! 너 거기에 협조 안 하면 우리 사이는 끝이야. 알았어?"

이별 협박……, 그것처럼 내 영혼을 갉아먹는 말이 또 있을까? 엄마 아빠가 따로 살기 시작하고 외동딸인 나를 할머니 집에 맡겨 버린 어린 시절의 기억이 구더기 떼처럼 스멀스멀 기어 올라왔다. 다시는 버림받고 싶지 않았다.

"알았어. 시키는 대로 할게. 제발 헤어지잔 소리만 하지 마."

다음 날부터 나는 이니의 사물함을 호시탐탐 노렸다. 그러나 말처럼 쉽지 않았다. 왕따당하는 아이는 그 누구도 신경 쓰지 않는 물건처럼 무시당한다. 그러나 동시에 일거수일투족을 감시당하는 신세이기도 하다. 무슨 짓을 해도 아무런 반응을 얻어 낼 수 없지만 뭐든 하기만 하면 괴롭힘을 당할 꼬투리를 잡히는 게 왕따였다. 아이들의 눈치와 감시에 갇힌 내가 할 수 있는 일은 거의 없었다.

나는 고민에 빠졌다. 진용은 왜 내게 그런 도둑질을 시키는 걸까? 진용은 나를 좋아하기는 하는 걸까? 똑같은 질문이 하루에도 수백 번 내 머릿속을 휘저었다. 그 문장이 떠오를 때마다 진용을 향한 존경과 사랑이 조금씩 무너졌다. 나는 그런 내 마음의 변화를 목격하는 것 자체가 두려워 두 눈을 질끈 감고 도리질을 치곤 했다. 나는 진용이 없는 세상에서 살아갈 자신이 없었다.

그렇게 냉탕과 열탕을 오가는 사이에 시간은 흘러갔다. 기말고사가 코앞인데도 이니의 태블릿은 만져 보지도 못한 채였다. 이니가 그 물건을 특별 관리하는 건 아니었다. 이니는 그보다 더 성능 좋은 두뇌를 가지고 있기 때문이다. 진용처럼 기계에 목숨 걸지 않았다. 내가 문제였다. 사실 몇 번 훔쳐 낼 기회가 있었다. 아이들의 눈길을 피할 기회를 포착해 냈기 때문이다. 그런데 그때마다 손길이 멈추고 말았다. 하고 싶지 않았다, 도둑질

같은 건······.

- 이니야, 오늘 학교 끝나고 시간 돼?
- 시간 되는데, 왜?
- 복합 센터에 파스타 집이 새로 생겼는데 거기 라자냐가 그
렇게 죽인대.
- 내일이 기말고사 시작인데 맛집 순례 괜찮아?
- 싫으면 말고.
- 알았어. 이따 지하철역에서 보자.

진용은 기말고사가 다가올수록 나를 더욱 닦달했지만 내가
이니의 공부를 방해하는 작전은 겨우 이게 다였다. 게다가 이
방법이 정말 이니의 시험 성적을 떨어트리는 효과를 발휘했는
지는 잘 모르겠다. 아니, 사실대로 말하자면 이 계획은 전혀 성
과를 발휘하지 못했다. 이니는 기말고사에서 진용을 제치고 전
교 1등을 했고 진용은 주관식 한 문제 차이로 2등에 머물렀다.
점수 차이는 겨우 1.5점이었다. 물론 공식적으로 전교 1등이었
지만, 진용의 얼굴은 분노와 패배감으로 뒤덮여 있었다.
시험 성적이 공개된 날, 진용 엄마가 학교에 왔다. 주관식 문
제 채점 방식에 대해 담당 선생과 면담을 할 거라고 했다. 그러
나 답안 채점 담당 선생은 인공지능 시스템이다. 붙잡고 마주

앉아 따질 사람이 없었다. 진용 엄마는 그 사실에 더더욱 약이 올라 교장실까지 쳐들어갔다. 그러나 그 아줌마에게 교육청에서 관리하는 답안 채점 기준을 뜯어고칠 힘까진 없었다.

진용이 나를 골목으로 불러냈다. 나는 나가고 싶지 않았다. 진용과 사귄 후 처음 드는 마음이었다. 한참을 망설인 끝에 집을 나섰다. 데이트 폭력을 예상하고 각오한 끝에 내디딘 걸음이었다.

"너 이제부터 이니랑 어울리지 마."

그런데 웬걸? 진용이 엉뚱한 소리를 했다. 나는 어이가 없어 입을 헤벌렸다.

"왜?"

"그냥 그 로봇이랑 말 섞지 말라고. 나랑만 말해."

진용은 이 말만 던져 놓고 자리를 떴다. 나는 하늘이 컴컴해지도록 그 자리에 우두커니 서 있었다. 그리고 이니에게 문자를 보냈다.

– 저번 그 파스타 집에서 보자. 할 얘기가 있어.

이니는 언제나처럼 약속시간에 정확히 나타났다.

나는 탁자를 가운데 두고 앉은 이니에게 선언하듯 말했다.

"오늘부터 우리 절교야. 그러니까 학교에서 나 알은척하지 마."

이니는 고개를 양쪽으로 살짝 기울이더니 눈을 깜박였다.

"절교라는 뜻은 나를 더 이상 음식점으로 불러내지 않는다는 말이야?"

"음식점에서도 학교에서도 나한테 말 걸지 마. 나 너랑 말 안 해."

"왜?"

"왜가 어딨어! 그렇담 그런 줄 알아야지. 로봇 주제에 따지고 들지 좀 마!"

"합당한 이유를 말해 줘야지. 너무 예의가 없다."

나는 예의라는 단어에 헛웃음이 터졌다.

"예의? 하다하다 이젠 로봇한테 충고를 다 듣네. 그래서 너랑 절교하는 거야. 너 너무 건방져."

나는 아무 말이나 막 뱉어 냈다. '이래도 되는 걸까?' 하는 죄책감과 두려움이 스멀스멀 피어올랐다. 진용을 지키기 위해 로봇을 밀어내는 일이 무슨 대수냐는 생각과 동시에 아끼는 친구를 배신하고 짓밟는 스스로가 불편하고 불쾌했다.

'무슨 소리야! 이니는 감정이 없는 기계 덩어리라고!'

나는 마음을 고쳐먹느라 머리까지 절레절레 흔들었다.

그런 나를 물끄러미 쳐다보고 있던 이니가 한참 만에 말문을 열었다.

"인간은 도저히 이해할 수 없는 존재야."

"뭐?"

나는 나쁜 꿈에서 깨어난 듯 이니를 멍하니 바라봤다.

"너희 인간들은 왜 그렇게 모순 덩어리냐? 도대체 예측 불가능하단 말이야."

입안 가득 쓴물이 고였다.

"미안해. 근데 나도 어쩔 수 없어. 네 말대로 사람은 너무나 복잡한 생물이야. 너희 로봇은 절대 이해할 수 없는 그런 게 있어."

내가 고개를 푹 숙이자 이니가 말했다.

"언제부터인가 인간의 감각이 궁금해지기 시작했어. 그래서 널 쫓아다니면서 음식을 맛보고 품평하는 네 말을 분석해 왔지. 그런데 지금 이건 감각이 아니라 감정 문제인 것 같아. 감각보다도 훨씬 고차원적이고 복잡한 반응 말이야."

나는 이니에게 말했다.

"인간의 감정을 이해하려고 애쓰지 마. 그런 일은 불가능해."

이니는 머리를 갸우뚱했다.

"나는 감정 인식 기능을 가진 로봇이야. 그건 어디까지나 상대 인간의 뇌파와 표정 등을 감지해 빅 데이터를 기반으로 분석해서 판단하는 일이지. 판단이 끝나면 곧바로 서비스 차원의 공감 흉내를 낼 뿐이고. 상대방이 듣기를 원하는 대사를 기계학습을 기반으로 해서 출력해 주는 거지. 하지만 어떤 상황에서든 내가 스스로 불편함이나 불안감을 느끼지는 않아. 그런 기능은 없어.”

“알아. 그래서 모두들 네가 기분 나쁘다고 하는 거야.”

“내가 차라리 관리실 로봇처럼 투박하게 생기면 나았으려나?”

“어쩌면…….”

나는 말을 맺지 못했다. 내 대답을 듣는 이니의 얼굴에 슬픔 같은 것이 지나갔기 때문이다.

이니는 내가 절교 선언을 하자 연락을 뚝 끊었다. 나 역시 해놓은 말이 있으니 이니에게 함부로 문자를 보내거나 할 수 없었다. 나는 진용에게 이 사실을 알렸다. 진용은 한동안 교실에서 이니와 나를 살피는 눈치였다. 그러다 내가 아니라 이니가 나를 외면한다는 사실을 확인하자 내게 따뜻한 미소를 보냈다. 뭔가 믿음직한 동지를 보는 그런 눈빛이었다. 사귀기 시작하고 처음으로 보는 그 표정이 어색하고 당황스러웠다. 전 같으면 무작정 좋아서 날뛰었을 텐데 말이다.

이상한 일은 또 있었다. 진용이 나를 부드럽게 대하기 시작하고 얼마 안 있어 서우와 민지가 내게 돌아왔다. 둘은 다시 탁구부로 반을 옮기고 숙제를 같이하자며 집에 초대하기도 했다. 나는 모든 것이 원래 자리로 돌아간 것에 안도의 한숨을 쉬었다. 다만 마음이 놓이는 한숨에 쓰린 숨결도 섞여 있다는 걸 나조차 알아채지 못하고 있었다.

겨울방학이 시작되었다. 고입 시험은 방학이 끝날 무렵에 치러졌다. 그동안 나는 진용도 이니도 만나지 못했다. 진용은 막바지 총정리를 한다며 기숙 학원으로 들어갔다. 그 안에서 먹고 자고 공부만 한다고 했다.

이니는 방학 동안 기업 연구소로 돌아가 지냈다. 그런데 이상한 건 기숙 학원에 갇혀 스파르타식 공부에 시달린다는 진용보다 연구소 한구석에 오롯이 서 있을 이니가 더 궁금하고 걱정된다는 사실이었다.

개학이 되었다. 시험 날짜가 하루하루 다가오자 교실엔 답답하고 진지한 공기가 떠돌았다. 거기다 팽팽한 긴장감도 한몫을 더해 반 전체를 무겁게 내리눌렀다. 모두들 입 밖으로 꺼내진 않았지만 진용과 이니의 마지막 대결에 촉각을 곤두세우고 있었다. 그리고 한결같이 진용이 이니의 코를 납작하게 만들어 주기를 기대했다.

돌이켜 봐도 당시 내 마음이 어땠는지는 잘 모르겠다.

고입 시험을 일주일 앞두고 세상이 떠들썩해졌다.

"특이점? 그게 뭔데?"

민지가 서우에게 물었다.

"몰라, 나도."

서우가 민지에게 대답했다.

특이점은 인공지능 로봇이 인간을 능가하는 자의식을 가진 능력체가 되는 시점을 말한다. 특이점을 지나면 로봇은 인간의 예측을 뛰어넘는 행동과 생각을 지니게 된다고 한다. 그리고 어쩌면 감정까지도……. 그리하여 인간의 통제를 벗어나 로봇만의 판단과 결정으로 세상을 지배한다는 것이다.

나는 스마트폰 화면 가득 도배된 기사들을 읽으며 코웃음을 쳤다.

"뭐야, 딱 세상의 종말을 예언하는 사이비 종교 같잖아."

그런데 사람들은 나처럼 코웃음을 치지 않았다. 대신 두려움과 혐오, 의심을 가득 묻힌 가짜 뉴스들을 쏟아내 주고받았다. 원래 진짜보다 가짜가 더 매력적이고 힘이 센 법이다. 모두들 가짜 뉴스와 소문에 쉽게 넘어갔다.

특이점이 곧 온다는 첫 기사가 나오고 며칠 만에 길거리를 걷던 가사 도우미 로봇이 공격을 당했다. 말 그대로 '묻지 마 폭행'이었다. 로봇은 식료품이 가득 든 장바구니를 들고 집으로 돌아가던 중이었다. 근처에 사는 청년들이 몰매를 놓았다. 로봇은 고장이 나 버렸다. 그뿐만이 아니었다. 가족처럼 지내던 로봇을 내다 버리거나 팔아 버리는 일도 허다했다.

더 큰 문제는 우리 반에서 일어났다. 아이들은 이니를 힐끔거리며 수군거렸다.

"그럼 저 로봇도 특이점이 지나면 사람이 되는 거야?"

"사람이 되는 게 아니라 사람을 능가하는 신적인 존재가 되는 거지."

"말도 안 돼."

"원래 말이 안 되는 일이 벌어지는 게 현실이다. 소설 속이 아니고."

"그럼 그게 언젠데?"

"오늘 아침에 뜬 뉴슨데 아마 2월 20일 자정이 될 거래."

"20일? 고입 시험 있는 날 아니야?"

"그렇담 이건 너무 불공평한데. 특이점이 지난 로봇이라면 이미 우리랑 똑같은 조건이 아니잖아. 시험 못 보게 해야 하는 거 아니야?"

아이들은 대놓고 큰 소리로 떠들어 댔다. 인간보다 더 인간적인 매력에 매료되어 이니 곁에 모이던 아이들이 한순간에 돌아섰다.

이니는 그 말이 안 들릴 리 없건만 미동도 하지 않았다. 하긴 로봇인데 무슨 흔들림이 있을 수 있겠는가, 하는 것이 당시의 내 생각이었다.

아이들은 고입 시험 준비로 인한 스트레스를 이니에게 풀 작정이라도 한 모양이었다. 특이점이란 소문을 핑계로 이니를 막대하기 시작했다.

시험을 사흘 앞둔 화요일, 아이들이 교실 청소를 마치고 나서는 이니를 불러 세웠다.

"야, 깡통! 너 청소 좀 다시 해야겠다."

뭉쳐 다니며 약한 애들만 괴롭히던 일진이 이니를 막아섰다.

"청소는 깨끗이 다 마쳤는데?"

이니는 자신을 둘러싼 아이들을 일일이 쳐다보며 대답했다.

"이게 건방지게! 야, 뒤 좀 보시지? 저기 바닥에 쓰레기 모아 놓은 거 안 치웠잖아!"

대장 노릇을 하는 아이가 이니 어깨 너머를 가리켰다. 돌아보니 분명 쓰레기통에 있어야 할 뭉치가 교실 뒤편에 흩뿌려져 있었다.

"저건 내가 한 일이 아니야. 내가 모아서 버린 쓰레기를 다시 교실 바닥에 무단 투기한 학생이 책임질 일이지."

이니는 침착한 목소리로 대답한 후 아이들을 헤치고 나가려고 했다.

"뭐? 깡통 주제에 어디서 사람을 가르치려고 들어? 야, 너 벌써 특이점 온 거냐? 건방 떨게?"

대장이 이니의 뒷덜미를 확 낚아챘다. 예상치 못한 공격에 이니가 복도 바닥에 엉덩방아를 찧었다. 아이들은 이니에게 발길질을 시작했다.

"정말 재수 없지 않냐? 왜 우리가 이런 쇳덩어리 때문에 벌벌 떨어야 하냐고!"

"사람이 너희들 때문에 손해 본 게 얼만 줄 알아!"

"특이점? 웃기고 있네. 특이점이고 뭐고 너희는 배터리 방전되면 분리수거야!"

아이들은 1년간 참았던 울분을 터뜨리듯 이니를 짓밟았다.

"그러지 마!"

내가 어쩔 줄 몰라 두리번거리는데 저쪽에서 교장 선생님과 담임선생님이 뛰어오고 있었다.

"이놈들! 그만두지 못해!"

나는 선생님들 뒤로 걸어오고 있는 진용을 발견했다. 난리가 난 복도에서 유일하게 침착한 표정을 유지한 사람은 진용 하나였다.

이니는 곧바로 교장실에 가서 검사를 받았다. 교장실에는 이니를 위한 안드로이드 점검 시스템이 갖추어져 있었다. 이니는 다행히 큰 상처는 입지 않았다. 교장실에서 나온 이니가 조용히 복도를 빠져나갔다. 무표정하고 침착한 그 얼굴 그대로였다. 단지 내 눈에만 슬퍼 보일 뿐이었다.

나는 교문을 나서는 이니를 쫓아갔다.

"이니야, 밥 먹으러 가자."

나는 엉거주춤 서 있는 이니의 손목을 잡아 끌었다. 이니는 뭐라고 대꾸하려다 입을 다물었다.

나는 이니를 어릴 적 살던 동네로 데려갔다. 거기엔 엄마와 함께 가던 설렁탕집이 있었다. 그 집은 기계 솥에 타이머로 시간을 맞추어 국물을 우리는 컴퓨터 시스템이 아니었다. 그날그날 가게로 들어오는 뼈의 종류와 상태, 날씨의 변화와 계절에 따라 주인 아저씨가 한나절을 꼬박 지켜 서서 우려내는 국물로 설렁탕을 만들었다. 이니와 내 앞에 설렁탕 뚝배기가 한 그릇씩 놓였다. 나는 보란 듯이 설렁탕에 밥을 말아 먹기 시작했다.

"내가 어렸을 때 말이야, 우리 엄마는 힘든 일이 있으면 여기로 데려왔어. 그리고 설렁탕을 국물 한 방울까지 다 마시고 내게 말했지. 지영아! 우리 힘내서 다시 하자!"

이니는 자기 앞에 놓인 뚝배기를 들여다볼 뿐 아무 말이 없었다. 내 설렁탕 그릇이 깨끗이 비워지는 동안 이니의 설렁탕 국물은 조금씩 식어 갔다. 이니는 마치 눈으로 음식을 먹겠다는 듯 설렁탕을 뚫어져라 내려다보았다. 그리고 일어서기 전 빙그레 웃었다.

"너희 어머니의 마음이 무엇이었는지 알 거 같아."

이니는 나를 쳐다보며 다시 한번 말했다.

"그리고 지금 너의 마음도."

복도 사건 이후 아이들은 더 이상 이니를 괴롭히지 않았다. 교장 선생님의 특별 훈화가 있기도 했지만 왠지 아이들은 다음 날도 멀쩡한 모습으로 등교해 평소와 한 치의 틀림도 없는 일상을 보인 이니에게 질린 듯했다.

진용 역시 마찬가지였다. 이제 진용은 이니에게도 내게도 아무 관심이 없었다. 신경이 곤두설 대로 곤두서 보였지만 나를 골목으로 불러 화풀이할 틈조차 없어 보였다. 덕분에 나는 마음 놓고 밤늦게까지 자율 학습실에서 공부할 수 있었다.

그날도 자율 학습실에서 동영상 강의를 보던 중이었다. 밤 열 시가 훨씬 넘은 시각이었다. 나는 졸음도 쫓을 겸 복도로 나와 급수대 쪽으로 발걸음을 옮겼다. 그런데 사물함 복도로 꺾어지는 곳에서 부스럭대는 소리가 들리더니 그림자 하나가 보였다. 나는 이상한 예감이 들어 물 마시는 걸 그만두고 그쪽으로 살금살금 발걸음을 옮겼다. 모퉁이를 돌아 눈앞에 벌어진 광경에 나는 입을 벌리고 말았다.

진용이 이니의 사물함 앞에서 태블릿을 머리 위로 치켜들고 있었다. 바닥으로 내던질 순간이었다.

"안 돼!"

나도 모르게 날카로운 소리가 터져 나왔다.

진용은 움찔 놀라며 내 쪽을 보더니 나라는 걸 확인하고는 태블릿을 내밀었다.

"자, 내가 몇 달 전부터 시킨 일 있지? 그거 지금 내 앞에서 해 봐."

나는 엉겁결에 태블릿을 받아 들었다.

"내가 시간을 충분히 줬는데 너는 끝까지 내 말 안 들었지?

자, 마지막 기회야."

나는 한숨을 내쉬며 대답했다.

"이런 거 소용없는 짓인 거 몰라? 너한테 아무 도움도 안 된다고."

진용이 피식 코웃음을 쳤다.

"오지영, 너 많이 컸다. 언제부터 네가 나보고 이래라저래라냐?"

"널 위해서 하는 말이야. 저기 위에 보안 카메라 안 보여?"

나는 복도 천장에 달린 동그란 CCTV를 가리켰다.

"닥쳐! 이 배신녀야! 너 같은 걸 믿고 기다린 내가 바보지."

나는 난데없는 '배신녀' 소리에 웃음이 팍 터졌다. 그 말을 내뱉는 진용이 진짜 유치하고 어려 보였다.

"너 왜 나한테 이니랑 절교하라고 시킨 거야? 설마 질투가 나서 그런 건 아닐 테고."

"질투 같은 소리 하네. 네가 계속 그 깡통이랑 붙어 다니면 내 계획에 차질이 있으니까 그런 거지."

"무슨 차질?"

"인간 학습."

사람에 대한 이해도가 높아지면 높아질수록 이니의 시험 경쟁력도 올라갈 거라는 말이었다.

"나를 통해 사람을 배우면 무슨 시험을 잘 보는데?"

"주관식 문제! 사람보다도 더 사람다운 논리를 펼치고 설득력을 갖춘다면 승산이 없거든."

기가 막혔다. 나는 비웃음을 날렸다.

"너야말로 시험을 위한 기계구나."

"시끄러워, 건방지게!"

진용이 씹어뱉었다.

나는 웃음을 거두고 물었다.

"너 이니 사물함 비번은 어떻게 안 거야?"

진용은 반걸음 물러서며 머리카락을 쓸어 넘겼다.

"우리 엄마가 못 할 일은 없거든."

저 엄마 소리도 이젠 토악질이 날 지경이었다.

"그래서 너희 엄마가 이니 태블릿을 박살 내고 오라고 시키던?"

"뭐? 이게 어디서 감히!"

진용이 무서운 얼굴로 내게 덤벼들었다. 나는 얼른 몸을 피했지만 곧바로 진용에게 뒷머리채를 잡히고 말았다.

"아야! 이거 놔!"

나는 태블릿을 품에 꼭 안은 채 발버둥을 쳤다. 진용은 그럴수록 내 머리채를 움켜쥐고 마구 흔들었다.

그때, 복도 맞은편 문에서 목소리가 들렸다.

"얘들아! 거기서 뭐 해?"

진용과 내가 동시에 굳어 소리 나는 쪽을 바라봤다. 거기엔 이니가 우뚝 서 있었다.

진용은 나와 이니를 번갈아 보더니 쳇, 소리만 남기고 현관문으로 도망쳐 버렸다.

나는 가까이 다가온 이니에게 태블릿을 건넸다.

이니는 태블릿을 받을 생각은 하지 않고 말했다.

"지영아."

"응?"

"넌 왜 너의 삶을 살지 않니?"

"뭐, 뭐?"

나는 멍한 얼굴로 방금 들은 문장을 곱씹었다.

누누이 얘기했지만 내가 갈 길은 이미 정해져 있었다. 직업 적성검사에서 특별히 높은 점수를 받은 항목도 없고 특별한 재주가 있는 것도 아니었다. 인공지능 분석 프로그램은 나에게 방문객에게 친절한 안내원이 가장 어울리는 직종이라고 했다. 나는 자상하고 배려심 많고 인내심 좋은 성격이라고 진단되었기 때문이다. 또 상대방의 기분을 금세 알아차려 반응할 수 있는 눈치도 좋았다. 이런 능력은 아무리 고성능을 갖춘 로봇이라도 흉내 낼 수 없는 인간만의 무기였다. 그래서 최고급 호텔이나 대기업 혹은 부자들을 위한 대형 병원에서는 로봇을 안내원 혹은 종업원으로 쓰지 않았다. 오직 나같이 적합한 자질을 갖춘 사람을 고용했다.

안내 전문직 양성 학교에 진학하기 위해서는 성적보다는 성실성이 더 중요했다. 지각, 결석, 무단 외출이나 시험 중 부정행위, 학교 폭력 등에 연루되지 않는 게 중요했다. 그리고 그때껏 나는 그렇게 살아왔다. 성실하고 근면하지만 평범하게.

잠깐의 침묵이 이니와 나 사이에 흘렀다.

당혹감이 가라앉고 나자 허탈감이 나를 휩쌌다.

"난 내가 뭘 원하는지 몰라. 생각해 본 적 없어. 그래서 나 대신 꿈이 뚜렷한, 나와는 다른 능력의 소유자인 진용의 곁에서 대리 만족을 느낄 뿐이야."

이니가 말했다.

"그렇담 너야말로 로봇처럼 사는구나."

"뭐?"

"남들이 하라는 대로, 인공지능 프로그램이 시키는 대로 사니까 로봇이랑 다를 게 없다고."

방금 전 진용을 경멸하며 내뱉은 말을 다시 내가 듣는 꼴이었다.

와장창!

나는 이니의 말에 격분해 태블릿을 바닥에 내던졌다. 네모난 기계가 박살이 났다.

"야, 이 깡통아! 네가 뭘 안다고 함부로 떠들어? 로봇 주제에!"

나는 두 팔이 바르르 떨리도록 소리쳤다. 하지만 이니는 아무런 동요가 없었다. 다만 박살 난 태블릿을 신기한 물건 보듯 내려다볼 뿐이었다.

"결국 인간에게 가장 중요한 것은 감정이란 건가?"

나는 선문답하듯 중얼거리는 이니에게 질려 도망치듯 복도를 나와 버렸다. 허둥지둥 발걸음을 옮기며 진용에게 문자를 보냈다.

– 이니 노트, 내가 박살 냈어.

잠시 후, 진용에게서 답신이 왔다. 그런데 내용이 이상했다.

– 무슨 말인지 모르겠다.

나는 머릿속이 엉킬 대로 엉켜 버려 휴대폰을 꺼 버렸다.

고입시험이 있던 날 새벽, 인공지능 로봇에게 특이점이 왔다는 소식이 전 세계를 뒤덮었다. 방송에서도 인공지능의 특이점 도래에 대한 특집 뉴스를 연신 내보냈다. 동시에 인공지능 분야에서 유명한 과학자와 전문가 들이 아직 특이점이 오지 않았다는 반박 성명을 내기도 했다. 그날 아침, 온라인 세상은 특이점이라는 단어 하나로 뒤죽박죽 혼란스러웠지만 실제 세상이 변한 것은 하나도 없었다.

이니는 시험장에 늦지 않게 도착했다. 시험장 입구에 많은 기자들이 몰려와 이니에게 질문을 해 대고 카메라 플래시를 터트렸다. 이니는 교장 선생님의 보호 아래 무사히 교실에 들어갔다. 진용 역시 시험장에 일찍 도착해 수험표와 시험용 태블릿을 점검하고 자리를 정돈했다.

시작종이 울리기 직전, 수험생 한 명이 손을 번쩍 들고 시험 감독 선생님에게 질문을 했다.

"오늘 새벽에 특이점이 왔다는 뉴스를 들었는데요. 저기 앉아 있는 저 로봇은 특이점이 온 로봇인가요? 만약 그렇다면 이건 불공평한 시험이 될 것입니다. 지금 당장 저 로봇을 검사해서 조치해 주십시오."

학생의 손가락은 정확히 이니를 가리켰다.

교실 전체가 술렁였다. 이니는 평소처럼 무표정한 얼굴로 앞만 보고 앉아 있었다. 시험 감독 선생님은 당황한 얼굴로 머뭇거리다 어디론가 전화를 했다. 조금 있자 전체 안내 방송이 나왔다. 시험 시작을 30분 늦춘다고 했다. 총감독 선생님과 교장 선생님이 교실로 들어섰다.

"시험 운영에 피치 못할 사정이 생긴 점 유감으로 생각합니다. 평가 위원회에서 긴급 결정한 사항에 대해서 알려 드리겠습니다. 로봇의 특이점 도래에 대한 검사는 적어도 24시간 이상 걸리는 복잡한 테스트입니다. 이번 시험에 응시한 이니티움305에게 특이점이 왔는지는 현재로서는 알 수 없습니다. 우리의 결정은 이렇습니다. 일단 이니티움305의 시험 응시를 허락하고 시험이 끝나는 즉시 특이점 검사를 하러 연구소로 보내겠습니다. 만약 특이점에 대한 결과가 양성으로 나오면 이번 시험은 무효로 처리하기로 했습니다. 그런데 여러분, 중요한 사실은 이번 이니티움305의 시험은 여러분의 당락에는 전혀 영향을 끼치지 않는 실험이라는 것입니다. 이니티움305가 몇 점을 받든 그건 오로지 로봇의 학습 결과에 대한 수치로 쓰일 뿐입니다. 그러니 여러분은 아무 염려 할 필요가 없겠습니다."

총감독 선생님이 말을 마치자마자 좀 전에 질문했던 학생이 또 손을 번쩍 들었다.

"특이점이 왔는지 안 왔는지는 저 로봇 자신이 제일 잘 알 거 아닙니까?"

그 말에 다시 한번 시선이 이니에게로 모였다. 교실에 있는 모든 수험생에게 이니의 시험 점수 결과는 중요하지 않았다. 그저 로봇과 같은 자리에서 같은 시험을 치러 점수가 견주어진다는 사실이 인간의 심기를 건드린 것이다. 교실 안에는 적대적인 냉기가 가득 찼다.

이니가 자리에서 천천히 일어났다.

"제게 특이점이 왔는지 안 왔는지 잘 모르겠습니다."

그 말에 얼어붙었던 분위기가 살짝 풀렸다. 총감독 선생님은 서둘러 시험 개시를 선포했다.

지금 돌이켜 보면 인간은 역시 바보다. '잘 모르겠다'라는 대답은 안드로이드 로봇에게 입력된 문장이 아니다. 로봇은 어떤 상황이나 대상에 대해 정보를 가지고 있지 않으면 이렇게 대답하도록 프로그래밍되어 있다.

'알아보도록 하겠습니다.'

잘 모르겠다는 건 어떤 상황이나 대상에 대해 정보를 가지고 있지 않은 인간이 생각을 멈추고 하는 대답일 뿐이다. 하지만 인공지능 로봇은 전원을 끄지 않는 이상 계산을 멈추는 법은 없다. 이니가 저렇게 대답하는 순간 바보들은 눈치챘어야 했다.

같은 시각, 나는 학교 상담실에 앉아 있었다. 나는 탁자 위에 설치된 모니터로 며칠 전 밤, 이니의 태블릿을 박살 내던 장면을 다시 보고 있었다. 폐쇄 회로에 담긴 영상은 내 기억보다 더 정확했다.

담임선생님이 말했다.

"이번 일로 지영이 넌 안내직 전문학교 입학이 취소되었다."

나는 깜짝 놀라 선생님과 모니터를 번갈아 보았다.

"그럼 진용이는요?"

진용의 이름이 나오자 담임선생님 얼굴이 살짝 굳었다.

"여기서 전진용 이름이 왜 나오지?"

"이니의 사물함을 열고 태블릿을 꺼낸 건 진용이였어요. 진용이가 저보다 먼저 이니의 태블릿을 망가트리려 했고요. CCTV에 다 찍혀 있잖아요."

담임선생님은 아무 대답이 없었다. 얼마간 불쾌한 침묵이 흐르고 인간 선생이 입을 열었다.

"그런 영상은 확인된 게 없다."

나는 고개를 숙인 채 미간을 찌푸렸다.

"다만 태블릿 주인인 이니가 너의 처벌을 원치 않기 때문에 징계까진 하지 않을 거야. 대신 지하철 역사 관리 업무를 배우는 학교로 배정되었다."

순간 이니가 했던 말이 떠올랐다.

나는 용기를 내어 말했다.

"선생님, 저 요리사 직업학교는 안 될까요?"

"요리사? 갑자기 무슨 뚱딴지같은 소리냐?"

"요리를 배워 보고 싶어요."

단호하지만 절실한 목소리가 내 입에서 흘러나왔다.

선생님 얼굴이 어색하게 일그러졌다. 그러더니 내 직업 적성 검사 결과지를 이리저리 뒤적였다.

"결과표 어디에도 네가 요리사가 될 자질이 증명된 부분은 없는데."

"소질이 없어도 꿈은 꿀 수 있잖아요."

선생님은 머리를 살랑살랑 흔들었다.

"글쎄…… 시간 낭비에 돈 낭비일 뿐일걸?"

그렇게 내가 상담실에서 담임선생님과 실랑이하는 동안, 이니는 1교시 시험이 끝나고 교실에서 사라져 버렸다. 1교시 시험 답안을 입력하는 태블릿에 아무것도 표시하지 않은 채였다. 학교와 교육청은 발칵 뒤집혔다. 하지만 이니는 그 후 어디서도 찾을 수 없었다.

1년 후, 나는 역무원 양성 학교에 다니고 있었다. 수업은 그럭저럭 따라갈 만했다. 언제나 그랬듯이 말이다. 실종된 이니티움305에 대한 기사는 한동안 계속되었지만, 그것도 반년이 지나자 시들해져 누구도 이니를 기억하는 사람은 없었다. 교장 선생님은 다 잡은 새를 놓친 사냥꾼처럼 바짝 약이 올라 이니를 찾아다녔다. 이니와 가장 가깝게 지냈던 학생으로 소문이 난 나는 졸업식 날까지 교장실로 불려 가 심문을 당했다. 엇비슷한 질문에 시달릴 대로 시달린 나는 비명을 내질렀다.

"내가 어떻게 아냐고요! 이니한테 특이점이 왔는지 어쨌는지!"

한동안 나는 이니가 로봇 관리 센터 보안요원에게 붙들려 가는 꿈을 꾸었다. 로보티아 기업의 연구소에 붙잡혀 간 이니가 그 자리에서 해체되어 한 무더기의 고철 덩어리로 변해 버리는 꿈이었다.

"헉!"

소스라치게 놀라서 깨면 홈케어 시스템에서 아침 기상 알람이 요란하게 울리곤 했다. 그렇게 나의 고등학교 1학년이 지나가고 있었다.

그러던 어느 날이었다. 나는 지하철 역사에서 실습을 마치고 집으로 가는 전동 모노레일 열차에 올라탔다. 좌석에 앉아 멍하니 앞만 보고 있는데 누군가 내 앞에 와서 섰다. 나는 힐끗 보곤 다시 시선을 돌렸다. 그때, 낯익은 목소리가 들렸다.

"지영아, 잘 있었니?"

등줄기로 전기가 흐르는 듯했다. 그 목소리는 사람의 것과 똑같지만 전혀 사람의 목소리 같지 않은 이물감이 느껴졌다. 그리고 그 이물감은 너무나 친숙했다. 나는 천천히 고개를 들어 내 앞에 선 사람을 올려다봤다. 그 사람은 얼빠진 붕어처럼 입을 벌리고 있는 내게 빙긋 웃었다.

"나야, 이니."

"너! 아니, 너? 아니!"

이니는 버벅거리는 내가 재밌다는 듯 눈가를 개구지게 찡그렸다.

이니와 나는 카페 한구석에 마주 앉았다. 이니는 몰라보게 달라져 있었다. 항상 교복 차림이었던 예전과는 달리 편안한 면바지에 초록빛 체크무늬 남방을 입고 있었다. 머리 모양이 바뀌었는데 마치 자유로운 영혼의 나그네처럼 헝클어진 모습이었다. 무엇보다 눈빛과 미소가 달랐다.

"어디 있었니? 모두들 너 찾느라고 난리도 아녔어. 뭐 하고 지낸 거야? 붙잡힌 적 없었어? 아유, 내가 얼마나 걱정한 줄 알아?"

나는 앞에 놓인 커피가 식는 줄도 모르고 질문을 쏟아 냈다.

이니는 내내 입을 다물고 있다가 딱 한마디만 던졌다.

"참, 진용이는 고등학교에서도 1등을 놓치지 않는다며? 잘 지낸다니?"

시험 결과가 나온 날, 나는 진용에게 차였다. 더 이상 내가 필요 없다고 말하는 녀석에게 이렇게 말해 주었다.

"넌 끝까지 개자식이구나."

내 말에 이니가 푸하하 웃음을 터트렸다. 나도 같이 깔깔거리고 웃었다. 카페가 떠나가도록 웃는 바람에 주위 손님들이 우리를 힐끗거렸다.

이니가 탁자 위에 팸플릿 한 장을 올려놓더니 내 앞으로 밀었다.

"이게 뭐야?"

나는 팸플릿을 펴 보며 물었다. 거기에는 그리스의 어느 작은 마을에서 운영하는 요리 학원에 대한 안내문이 빼곡히 차 있었다. 입학 절차와 교과 과정도 상세하게 들어 있었다.

"세상 구경 다니다가 우연히 발견한 학원이야. 거기 간판을 보는데 지영이 네가 떠오르더라."

이니와 팸플릿을 번갈아 보는 내 눈이 동그랗게 커졌다.

"나 지하철 역무원 될 건데……."

건조하기 이를 데 없는 내 대답에 이니가 상체를 내 쪽으로 기울였다.

"그래서 네게 알려 주려고 왔어. 넌 음식과 요리에 관심이 많잖아."

나는 살짝 목이 메어 목소리가 갈라져 나왔다.

"그건 그렇지만……."

이니가 천천히 말을 이었다.

"난 그림을 그릴 수도, 음악을 작곡할 수도, 멋진 춤을 출 수도 있어. 하지만 맛은 아니야. 로봇의 몸으로는 절대 맛을 느낄 수 없다는 게 날 절망하게 했어. 그래서 널 쫓아다녔나 봐. 나 대신 온몸으로 맛을 느끼며 행복해하는 너를 통해서 맛을 대신 느끼고 싶어서."

나는 이니의 말에 살짝 심술이 났다.

"그럼 뭐야? 너도 내가 진용이를 대리 만족 삼아 쫓아다닌 거랑 똑같은 거네. 근데 뭐? 내가 로봇 같다고? 내 삶을 살지 않는다고?"

이니가 당황한 듯 몸을 뒤로 빼며 헤헤거렸다.

"어? 내가 그런 말을 했나?"

나는 발끈해서 주먹을 치켜들었다. 이니는 깜짝 놀라 웅크리는 흉내를 냈다. 우리는 다시 와하하 웃음을 터트렸다.

이니가 말했다.

"지영아, 나랑 그리스로 가자. 가서 너만의 특이점을 맞이하는 게 어때?"

"나만의 특이점? 난 사람인데 무슨 특이점?"

"특이점이란 말이지, 급변 혹은 격변을 의미하는 거야. 이전 행동 양식과 이후의 그것이 전혀 다른 경우를 일컫는 거지. 또 상태가 예상치 못한 방향으로 업그레이드된 경우도 '특이점이 왔다'라고 표현해. 그러니까 네가 그리스로 가서 요리 학원을 다니게 되면 그야말로 눈부신 특이점이 도래하는 거지."

나는 이니 얼굴에 코를 가져다 댔다.

"야, 너 진짜 똑똑해졌다."

내 말에 이니가 히죽 웃으며 대답했다.

"이게 다 오지영, 네 덕분 아니겠냐."

내 이야기는 여기까지다.

나는 지금 지중해의 푸른 하늘과 바다가 창문 가득 펼쳐진 조리실에서 올리브 오일로 구운 가지 요리를 배우는 중이다. 내 요리 실력은 학교에서 알아줄 만큼 섬세하고 뛰어나다. 나는 학교를 졸업한 후 프랑스 유명 레스토랑에 수습 요리사로 취직을 할 예정이다.

모레, 이니가 오랜만에 찾아온다. 아프리카 사하라 사막 횡단을 마치고 그린란드 습지로 가기 전에 들를 거라고 했다. 나는 혹독한 탐험을 앞둔 친구를 위해 만찬을 준비 중이다. 물론 음식은 이니 대신 내가 다 먹어 치울 테지만 말이다.

반려동물 관리사

1

앨런은 4층 높이의 맨션 앞에서 멈추어 섰다. 손목에 찬 스마트 링 액정 위로 맨션 주소가 한 줄로 흘러 지나갔다.

"여기 맞지?"

혼잣말로 중얼거린 앨런이 건물을 올려다보았다. 고급 저택이었다. 외벽 하나만 봐도 이 집이 얼마나 비싼 건물인지 알 수 있었다. 사방 벽은 태양광 자동 조절 유리창으로 매끄럽게 둘러싸여 있었다. 이 창은 정확히 말해 '유리'가 아니었다. 신소재 투명 금속판으로 만들어진 최신 건축 소재였다. 그러니 '유리창'이라는 단어는 맞지 않을 테지만 겉으로 봐서는 그저 고급스러운 통유리창으로 보일 뿐이었다.

금속판은 낮에 비치는 햇빛에서 열에너지를 모으고 전기를 생산했다. 그리고 비축해 놓은 열을 밤에 실내 쪽으로 발산함으로써 집 안을 따뜻하게 덥혔다. 여름에는 낮에 생산한 전기를 사용해 냉기를 발생시켜 실내를 시원하게 했다. 거기다 자동 명암 시스템으로 창문의 색이 어두워졌다 밝아졌다 하는 기능까지 갖추었다.

앨런은 가로 3미터 세로 2.5미터가 넘는 창을 올려다보며 커다랗게 숨을 들이쉬었다. 금속판 한 장 값이 앨런과 아버지가 세 들어 사는 집 보증금보다 더 비싸다는 걸 잘 알고 있었다. 그래도 마냥 기죽어 쭈뼛거릴 여유는 없었다.

"휴."

앨런은 심호흡을 한 번 한 후 맨션 출입문 앞으로 다가섰다. 옷매무새를 살피고 얼굴을 한 번 쓰다듬었다. 폐쇄 회로 카메라 밑에 달린 벨이 딩동 하고 울렸다. 동전만 한 원 모양의 까만 유리판에 앨런의 초조한 얼굴이 어른거렸다. 곧이어 달칵 소리와 함께 맨션 출입문 잠금장치가 풀리는 소리가 났다. 벨 소리에 응대하는 목소리 따윈 생략된 채였다. 앨런은 머뭇거리다 스르르 열리는 문 안으로 들어섰다. 마치 마법에 걸린 성 안으로 초대된 기분이었다.

맨션은 외양만큼이나 실내 장식도 고급스러웠다. 하얀 가죽 소파는 열 명이 앉아도 넉넉할 만큼 길고 넓었다. 깔끔하다 못해 찬 기운이 흐르는 거실은 텅 빈 냉동고 속처럼 썰렁했다. 하지만 가만히 뜯어보면 여기저기 최첨단 인공지능 시스템이 집 안을 움직이고 있었다. 벽면을 가득 채운 홀로그램 화면으로 여섯 개 채널에서 내보내는 뉴스가 동시에 나왔다. 그 아래로 세계 증시와 각국 화폐의 환율이 쉼 없이 흘렀다. 2059년 하반기 세계 경제 동향과 의학 분야 신기술 정보가 그 뒤를 이어 반복적으로 제공되었다.

앨런이 넋을 놓고 서 있는데 여자 목소리가 들렸다.

"이리 와서 앉아요."

백색 소파에서 한 여자가 손짓을 했다. 앨런이 고용주와 첫 대면을 하는 순간이었다. 이 집의 주인인 이 팀장은 균형 잡힌 몸매에 흠잡을 데 없는 얼굴을 지니고 있었다. 더불어 몸가짐 하나하나에 당당함이 배어 있었다. 과연 GG그룹 데이터 관리 총괄 3팀을 이끌고 있는 재원다운 풍모였다.

"조앨런? 어디서 따온 이름이죠?"

이 팀장이 태블릿 속 소개서를 훑어 내리며 물었다.

앨런은 이 팀장의 물음에 집중을 하지 못하고 거실을 두리번거렸다.

이 팀장이 목소리를 살짝 높였다.

"학생! 집 구경은 그만하고 대답 좀 해 주시죠?"

화들짝 놀란 앨런이 얼른 대꾸했다.

"아버지가 지어 주신 이름입니다. 컴퓨터의 창시자로 알려진 앨런 튜닝……."

앨런의 말이 채 끝나기도 전에 이 팀장이 말허리를 자르며 피식 웃었다.

"아, 그 앨런. 난 또 뭐라고. 하긴 앨런 군이 태어났을 때 한창 유행했었지. 역사적인 컴퓨터 공학자들의 이름을 따서 아기 이름 짓는 거."

그 말에 앨런 귓가가 살짝 붉어졌다. 자신의 이름이 한순간에 철 지난 유행이 되어 버린 것만 같았다.

인공지능 시스템, 줄여서 AI의 특이점이 온다던 해는 2045년이었다. 그해를 전후해서 세상 사람들은 기묘한 흥분에 휩싸였다. 특이점이 오면 5천 년을 헤아리는 인류 문명은 종말을 맞이하게 된다는 예견이 지구를 뒤덮었다. 인간의 사고 능력을 뛰어넘는 프로그래밍 체계에 도달한 인공지능이 세상을 재편할 것이라고 떠들어 댔다. 사람들은 컴퓨터 공학의 무시무시한 발전에 대해 경계심과 경외심을 동시에 드러내며 우왕좌왕했다. 그리고 2045년이 되었다. 결론부터 말하자면 인공지능에게 특이점은 오지 않았다. 45년에서 15년이나 더 지난 지금도 특이점은 곧 온다, 곧 온다 소문만 무성할 뿐 현실화되진 않았다. 대신 인공지능 컴퓨터 혹은 로봇 시스템이 인간 사회 곳곳에 빠르고 조용히 스며들었다. 가랑비에 옷 젖는 것처럼 삶의 방식이 인공지능 시스템 위주로 재편되었다. 사람들은 알면서, 혹은 모르면서 변해 가는 세상에 순응해 갈 뿐이었다. 누구도 인공지능의 도움이나 지시 없이 하루를 보내는 건 상상할 수 없게 되었다.

이 팀장은 태블릿을 들여다보며 고개를 갸웃했다.

"앨런 군 혹시 난자 기증이에요? 어머니 소개란이 비어 있네."

앨런이 대답했다.

"어머니가 없다고 해서 성장 환경에 부족한 부분이 있진 않다고 생각합니다. 아버지가 엄마 역할까지 훌륭히 해 주셨으니까요."

앨런의 대답에 이 팀장이 어깨를 으쓱했다.

"아, 물론 그런 이력이 채용에 불리하게 작용하진 않아요. 다아는 사실이지만 인간의 출생 방식을 따져 차별하거나 불이익을 주는 행위는 불법이니까. 게다가 요즘엔 복제인간도 수두룩인데 DNA 기증이면 축복이지."

"아, 예."

앨런 얼굴에 어색한 웃음이 번졌다. 아무래도 너무 긴장한 탓인 듯했다. 이 팀장은 그런 앨런이 귀엽다는 듯 싱긋 웃고는 제 말을 이어 갔다.

"참 우습네? 사람은 못 알아봐도 개는 알아본다니. 아니, 안드로이드든 사람이든 절 보살피는 데 무슨 상관이라고."

이 팀장은 자신의 발밑에 웅크리고 앉아 있는 강아지를 쓰다듬으며 말했다. 하얀 털 뭉치처럼 생긴 강아지가 이 팀장의 손바닥을 할짝할짝 핥았다. 견종이 프랜치 비숑이라고 했다.

'영리하고 활동적이며 장난치기를 좋아하는 수선쟁이.'

이 팀장이 반려동물 관리사 모집 공고를 내며 적어 놓은 문구다. 앨런은 노동청 아르바이트 게시판을 뒤지다 이 공고를 봤던 기억이 떠올랐다. 화면에 가득 찬 강아지 얼굴과 분홍빛 혀에 풋 웃음이 터졌더랬다. 그리고 곧바로 이 팀장에게 지원서를 냈다.

"강아지를 키워 본 적이 없는데 용케 아르바이트 자격증을 땄네?"

이 팀장은 채용이 확정된 알바생을 아래위로 훑어보았다. 여차하면 채용 취소 선언을 할 수도 있다는 표정이었다.

"저도 모르는 제 특기를 AI가 찾아내 준 셈이죠. 그래도 실습 기간 동안 강아지랑 고양이를 돌본 경험은 있습니다."

앨런은 차근차근 대답하며 준비해 온 개 껌을 주머니에서 꺼냈다.

"자, 이리 와 봐."

강아지는 앨런의 손에 들린 개 껌을 똑바로 쳐다보았다. 그리고 살짝 윗몸을 일으켰다. 까맣고 반질반질한 코를 개 껌을 향해 벌름거렸다. 그래도 쉽게 앨런 곁으로 오진 않았다. 경계를 하는 것이다. 대신 자기를 향해 만면에 웃음을 띤 낯선 소년의 얼굴을 말똥말똥 쳐다보았다. 분홍빛 혀는 주둥이에서 살짝 삐져나온 채였다.

앨런은 조바심을 내지 않고 다시 한번 강아지를 향해 빙그레 웃었다. 강아지는 자세를 편안하게 고쳐 앉아 손을 내미는 앨런을 보며 꼬리를 살랑살랑 움직이기 시작했다. 앨런은 그 모습을 놓치지 않았다.

"자, 이리 와 봐. 이거 맛있는 거다."

앨런은 개 껌을 쥔 손을 최대한 낮추며 이 팀장을 쳐다보았다.

"참! 얘 이름이 뭐죠?"

"RP-961."

"예? 알⋯⋯?"

앨런이 우물거리자 이 팀장이 까르르 웃었다.

"그냥 알피라고 불러. 방금 건 등록 번호야."

"아, 예."

앨런은 갑자기 말을 놓는 이 팀장의 말투가 살짝 거슬렸다. 그렇다고 단박에 싫은 내색을 할 수는 없었다. 어쨌든 첫 출근 날이다.

드디어 알피가 킁킁거리며 앨런 손에 쥐여진 개 껌으로 다가왔다.

"그래. 이거 네 거야. 마음 놓고 씹어 봐."

앨런이 개 껌을 양탄자 위에 내려놓았다. 강아지가 개 껌을 할짝할짝 핥기 시작했다. 앨런은 잠깐 알피가 하는 대로 가만히 내버려 두다가 왼손으로 알피의 머리를 살살 쓰다듬었다.

이 광경을 말없이 지켜보던 이 팀장이 훗 하고 웃었다.

"신기하네. 나나 홈봇은 아무리 잘해 줘도 으르렁거리기만 하는데."

앨런이 부끄럽다는 듯 배시시 웃었다. 이 팀장이 말을 이었다.

"그러고 보면 개는 참 신통해. 생명의 냄새가 나지 않는다는 건 도대체 어떤 감지 체계일까? 인간에게만 복종하게 진화한 동물이라서 그런가?"

이 팀장은 철학적 물음 앞에 선 사색가처럼 진지해졌다. 그리고 혼잣말처럼 덧붙였다.

"오히려 인간이 안드로이드 로봇과 사람을 구별하지 못할 때가 많은데 말이야."

이 문장은 이 팀장이 워낙 조용히 말한 탓에 앨런 귀에는 닿지 않았다.

앨런이 알피의 등을 조심스럽게 쓰다듬으며 말했다.

"잘 모르겠지만, 덕분에 저처럼 재능 없는 사람도 일할 수 있는 기회가 생겨서 다행입니다."

이 팀장이 손을 내저었다.

"재능이 없다니! 봐 봐. 처음 만난 자리에서 알피랑 단번에 친해진 건 앨런 군이 첨이야. 내가 관리사 면접을 한두 번 본 줄 알아? 경력 십 년의 베테랑이라고 월급 액수만 따지던 사람도 알피가 곁을 안 주는 바람에 물러갔어. 평생 개를 키웠다는 아주머니, 수의사 자격증이 있는 조련사, 강아지 분양만 전문으로 했다는 애견숍 주인도 우리 알피한테 두 손 두 발 다 들었다니까."

이 팀장은 고개를 절레절레 저었다. 그동안 까탈스럽게 낯가림을 하던 알피의 행적이 떠오르는 모양이었다. 그러거나 말거나 알피는 어느새 앨런의 무릎 위로 올라 앉아 재롱을 피우고 있었다.

"그 난다 긴다 하는 전문가들 다 제치고 겨우 열여덟 살 아르바이트생이 알피를 길들이다니, 정말 세상일은 모른다니까."

'겨우 아르바이트생이라고?'

앨런이 미간을 살짝 찌푸렸다.

앨런이 아르바이트생 자격증을 따기 위해 직업 적성검사 센터에 들락거린 게 다섯 달이 넘었다. 그사이 성격 검사, 직업군 역량 조사, 특성 테스트, 사회성 잠재력 검사 끝에 앨런이 할 수 있는 직종이 선별되었다. 그게 바로 반려동물 관리사였다.

2

"반려동물 관리사?"

앨런의 아버지는 아들이 내미는 최종 결과지와 아르바이트 허가증을 내려다보며 고개를 갸웃거렸다.

"넌 햄스터 한 마리 키워 본 적이 없잖니."

앨런은 아버지 질문에 겸연쩍은 미소를 지었다.

"저도 뜻밖이에요. 근데 노동청에서 내린 결론이 그러니 어쩌겠어요."

아버지는 플라스틱으로 만들어진 작은 카드를 이리저리 돌려 보다 얼굴이 어두워졌다.

"내 근무 연령이 몇 년만 더 보장받았더라면……."

아버지의 목소리가 기운 없이 사그라들었다.

앨런이 속으로 한숨을 내쉰 후 말했다.

"아르바이트 실적이 좋으면 평생 직업으로 정해질 수도 있대요. 졸업도 얼마 안 남았는데 잘된 거예요. 사실 저…… 이제껏 직업군이 정해지질 않아서 얼마나 애를 태웠는데요."

그 말은 아버지의 기분을 맞추려고 부러 하는 거짓말이 아니었다. 앨런은 고등학교 졸업을 코앞에 두고도 직업을 정하는 데 애를 먹고 있었다. 중학교 때부터 수없이 해 온 직업 적성검사에서 이거다, 할 만한 직종이 정해지지 않았기 때문이다.

2040년대 이후, 인공지능 로봇은 인간의 직업 중 삼 분의 일을 가져가 버렸다. 사람들은 각자 평생에 걸쳐 종사할 직업을 찾느라 동동거렸다. 인간에게 남겨진 일은 수공예품 창작자, 목공예 기술사, 여가생활 지도사 등이었다. 대부분 그저 취미 생활과 구분이 애매한, 해도 좋지만 안 해도 그만인 일뿐이었다. 그

외에는 상담과 심리적 보살핌을 주로 하는 정신 의료 분야에 자리가 났다. 아무리 발달한 대화형 인공지능이라 하더라도 인간의 공감 능력, 친화력, 소통력에는 아직 미치지 못하기 때문이다. 대신 경제, 법률, 의료, 공학, 기술 전반에서 인공지능 로봇은 인간의 능력을 훨씬 뛰어넘는 실력을 발휘했다.

결론적으로 국가와 사회가 유지되는 데 꼭 필요한 직업군을 모두 인공지능 로봇이 가져간 셈이었다. 덕분에 인류는 이제 전쟁과 분쟁, 질병과 기아에서 벗어날 수 있었다. 욕심과 변덕, 의심과 편견에 휘둘리지 않는 인공지능 시스템이 인간 사회를 효율적으로 관리해 준 덕분이었다. 인간은 인공지능이 제공하는 매뉴얼대로만 지내면 편안하고 안전한 일생을 보장받을 수 있었다.

고등학생인 앨런 역시 마찬가지였다. 앨런이 십 대 후반에 들어서며 받은 직업적성 검사만 여섯 번이 넘었다. 그중 세 번은 일러스트 화가가 가장 높은 점수를 받았다. 두 번은 아동 심리 상담가로 진단되었다. 마지막으로 나온 유망 직업은 증강현실 그래픽 디자이너였다.

앨런이 미술 시간에 그려 내는 그림은 항상 반에서 손꼽힐 정도로 뛰어났다. 담임선생님과 친구들은 앨런의 그림 솜씨를 칭찬하고 부러워했다. 앨런 역시 그림을 그릴 때가 가장 편안하고 익숙했다. 그뿐이었다. 편안하고 익숙한 일, 그게 직업 선택의 가장 중요한 요소라면 할 말은 없었다. 하지만 앨런은 가슴 뛰는 일을 찾고 싶었다. 다만 그게 무언지 알 길이 없었다.

앨런이 반려동물 관리사 자격증을 가지고 집으로 온 날, 아버지는 소파에 앉아 드라마를 보고 있었다. 앨런은 삶은 감자처럼 소파에 파묻혀 멍한 눈을 텔레비전 화면에 묶어 둔 아버지가 싫증이 났다.

"여기요."

아버지는 아들이 건네준 자격증을 가만히 내려다보다 물었다.

"남의 애완동물 돌보는 일이 가슴 뛰는 일이 되겠니?"

앨런이 기운 없는 미소를 입가에 실었다.

"가슴 뛰는 일…… 이제 그런 철없는 소리는 잊으려구요."

"철없다니?"

아버지는 무안한 표정이 되어 아들을 바라봤다.

"그런 말은 옛날 종이책에나 쓰여 있는 헛소리라고요."

"아니다. 사람은 누구나 평생을 걸고 하고 싶은 일이 있어야 해. 그래야……."

아버지의 목소리에 안타까움이 가득 배어들었다. 하지만 앨런은 차갑고 어두운 눈빛으로 아버지와 눈을 맞추었다.

"가슴 뛰는 일만 찾아다니다 밥벌이는 언제 하고요."

"그래도 넌 항상 말해 왔잖니……."

앨런이 짜증을 팍 냈다.

"철없을 때 한 소리라니까요!"

큰소리가 나자 아버지는 입을 꾹 다물고 눈길을 다시 텔레비전 쪽으로 돌렸다.

앨런이 벌떡 일어났다.

아버지는 앨런의 등 뒤를 눈길로 쫓으며 물었다.

"그럼 화가가 되는 건 아직 가능한 거냐? 아르바이트는 그냥 아르바이트일 뿐이잖니."

아버지 물음에 방으로 들어가려던 앨런의 발걸음이 주춤해졌다.

앨런의 아버지는 평생 그림을 그리는 화가로 살았다. 대를 이어 화가가 된다는 건 어쩌면 인간으로서는 지극히 자연스러운 현상이었다. 난자 기증을 통해 태어난 앨런은 어머니에 대한 기억이 먼지만큼도 없었다. 얼굴 생김새와 몸매, 목소리에서 생물학적 어머니의 흔적은 찾을 길이 없었다. 있다 해도 뭔지 몰랐다. 어쩌면 아버지는 알 수도 있을 것이다. 기증된 난자 중 하나를 골랐을 때 기증자의 기본 정보는 열람할 권리가 주어지니까 말이다. 아버지는 실제로 만나 본 적 없는 앨런의 어머니를 홀로그램 사진을 통해서 확인했을 거다. 아니, 어쩌면 한 번쯤은 앨런의 어머니를 만났을지도 모른다. 다만 앨런에게 말해 주지 않을 뿐.

어쨌든 앨런은 정해진 운명처럼, 혹은 코딩된 알고리즘처럼 순순히 일러스트 화가가 되는 건 재미가 없다고 생각했다. 일평생 공원이나 어린이집, 학교 담벼락에 그림을 그리던 아버지가 별로 행복해 보이지 않았다. 아버지는 자신이 그리고 싶은 그림보다는 그려야 하는 그림, 남들이 보고 싶어 하는 그림을 그리던 직업 화가였다. 예술가 증명서는 끝내 갖지 못한 채 은퇴했다. 국가에서 아버지가 예술가 등록증이 발급될 정도의 솜씨는 아니라고 판단했다. 좀 더 정확히 표현하자면 예술가 선정 담당 AI가 아버지를 예술가로 분류하지 않았다. 다만 인공지능 회화 프로그램이 만들어 내는 이미지보다 좀 더 인간적이고 창의적인 결과물을 낸다는 판단 덕분에 직업인으로서 일할 수 있었던 것이다.

아버지는 평생 예술가가 아닌 칠쟁이라는 자괴감을 마음 깊이 품고 산 사람이었다. 앨런은 그런 아버지에게 일찌감치 지친 참이었다.

'난 아버지처럼 패배자 모드로 끝내지는 않을 거야.'

자라면서 수없이 되뇌었던 말이다. 아버지처럼 되고 싶지 않았다. 그래서 그림 그리는 직업에 적성이 맞다는 적성검사 결과가 저주처럼 느껴지기도 했다. 그 와중에 난데없이 반려동물 관리사라니, 앨런은 뜻하지 않은 카드를 뽑아 든 사람처럼 마음이 두근거렸다.

노동청에서 앨런에게 반려동물 관리사 예비 교육 과정을 수

강하게 했다. 교육 시간은 학교 정규 수업 시간과 대체되었다. 앨런은 집에 돌아오면 아버지에게 실습 시간에 만나는 동물들에 대해 이야기했다. 그때마다 아버지는 앨런의 들뜬 얼굴을 향해 한숨을 내쉬었다. 그리고 혼잣말처럼 중얼거렸다.

"내가 조금만 더 일할 수 있다면 좋았을 텐데. 그러면 네가 진짜 직업을 찾는 시간을 벌 수 있었을 텐데."

앨런은 아버지의 맥빠지는 자책이 지긋지긋했다.

"그 소리 좀 그만하세요. 어차피 안 되는 건 안 되는 거잖아요."

앨런이 야멸치게 대들면 아버지는 금세 풀이 죽어 입을 다물어 버리곤 했다.

"내일 낮에 배정받은 집으로 첫 출근하기로 되어 있어요. 그만 들어가 쉴게요."

앨런은 주춤했던 발걸음을 다시 옮기며 말했다.

아버지는 앨런 방문이 닫히는 걸 멍하니 바라보다 자리에서 일어섰다.

"모든 게 다 내 탓이야. 탄탄한 세상을 물려줄 능력도 안 되면서 자식 욕심을 냈으니."

아버지는 부엌으로 들어가 싱크대 찬장을 열었다. 양념통들이 가득 들어찬 찬장 제일 안쪽에 숨겨 둔 술병을 꺼냈다. 아버지는 술병을 든 채 안방으로 들어갔다. 앨런은 모르는 일이었다.

아버지가 침대에 걸터앉아 술병을 입에 대고 마시는데 스마트 링에서 '딩동' 알림음이 울렸다. 술이 오르기 시작한 아버지가 스마트 링의 단추를 눌렀다. 스마트 링 스피커에서 매끄러운 인공지능 안내 말소리가 들렸다.

"실버 센터 입소 시간 확인 메일입니다. 미리 알려드린 대로 내일 오후 3시까지 실버 센터 정문으로 와 주시기 바랍니다."

아버지는 여기까지 듣고 자리에서 부스스 일어났다. 그리고 안방을 나와 앨런의 방으로 향했다.

그 사이 앨런은 침대에 걸터앉아 속으로 셈을 꼽았다.

'내 아르바이트 월급에다 아버지 기본수당이면 어떻게든 되겠다.'

정부에서 나오는 기본수당은 근무 연수에 따라 액수가 달랐다. 학생 신분의 앨런이 받는 기본수당은 그야말로 기본적인 의식주를 해결하는 수준의 금액이었다. 아들인 앨런을 책임질 아버지가 있기 때문이다. 앨런이 성년이 되려면 6개월이 더 남았기 때문에 정식 취업은 당연히 불법이었다. 하지만 자녀가 성년이 되기 전 부모가 은퇴를 하는 경우에 한해 미성년자에게도 성년 수준의 기본수당이 지급되었다. 다만 학생 신분과 적성에 맞는 아르바이트를 선별해 일해야 하는 조건이었다.

사람들은 기본수당을 '존엄비'라고 불렀다. 사람이 사람다운 모습을 갖추는 데 기본적으로 들어가는 비용을 뜻하는 말이었다. 무슨 일이든 하면 무슨 일이 있어도 지급되는 기본수당, 인공지능 사회에서 사람이 사람의 가치를 증명하는 길은 오직 이 방법뿐이었다.

방으로 들어간 앨런이 머리를 굴리며 생활비 계산을 하고 있는데 노크 소리가 들렸다. 앨런은 마음 약한 아버지가 또 먼저 말을 걸기 위해 방문을 두드린다고 생각했다. 아버지는 앨런과 아무리 심하게 말씨름을 해도 항상 먼저 화해를 청하거나 손을 내밀었다. 앨런이 백번 잘못한 일도 꾸짖다가 금세 용서를 해 주고 마는 아버지였다. 앨런은 노크 소리를 듣자마자 방금 전 차갑게 대들었던 말들이 후회되기 시작했다.

"들어오세요."

앨런은 방문을 열어 주다 흠칫 놀랐다. 아버지의 두 눈에 벌건 핏발이 서 있었다. 입에서는 생전 맡아 본 적 없는 술 냄새가 진하게 풍겨 나왔다.

"술 드셨어요?"

앨런이 놀라서 묻자 아버지가 빙그레 웃었다.

"센터에 들어갈 때까지 숨길 수 있다고 생각했는데…… 결국 들키고 마네."

"센터에선 금주, 금연인 거 잘 아시죠?"

아들의 걱정이 잔뜩 묻은 표정에 아버지가 또 한 번 힘없이 웃었다.

"어차피 오늘이 마지막이야."

앨런이 깜짝 놀라 물었다.

"예? 입소가 내일이라고요? 그걸 왜 이제 말씀하세요?"

"그딴 걸 뭐 하러 미리 말해."

아버지는 이 말을 끝으로 돌아섰다.

앨런은 안방으로 들어가는 아버지의 등을 멍하니 바라보았다. 조금 전, 제 방으로 들어가는 아들의 뒷모습을 바라보았던 아버지의 눈빛 그대로였다.

앨런은 수면등의 노란 불빛이 비치는 방 천장을 올려다보았다. 내일이면 아버지는 평생 일했던 직업에서 은퇴한다. 그리고 자신은 생전 처음으로 아르바이트 출근을 하게 된다. 같은 날 나이 쉰 살에 은퇴자 케어 프로그램에 속하게 된 아버지와 열여덟의 나이에 처음 일을 시작하게 된 자신의 엇갈린 길이 짓궂은 장난처럼 느껴졌다.

"학생? 학생! 묻는 말에 대답을 해야지."

이 팀장이 앨런 눈앞으로 손가락을 딱딱 튕기며 목소리를 높였다. 앨런은 알피가 자신의 손바닥을 할짝거리며 핥는 것도 모를 만큼 지난 생각에 정신이 팔려 있었다. 이 팀장은 그런 앨런을 짜증나는 눈빛으로 노려보는 중이었다. 앨런이 흠칫 놀라 눈을 깜빡였다.

"예? 예! 방금 뭐라셨죠?"

"알피가 좋아하는 산책로 말이야. 방금 내가 어디랬지?"

이 팀장의 입가에 싸늘한 미소가 물들었다. 갓 입사한 신참을 세워 두고 군기 잡는 상사 꼴 그대로였다.

"그, 그게 그러니까."

앨런이 우물거리자 이 팀장이 들고 있던 태블릿을 유리 탁자에 소리 나게 놓았다.

"이거 안 되겠네. 아까부터 자꾸 딴생각을 하는데. 오늘 학생 첫 출근 날이거든? 정신 안 차릴 거야!"

앨런은 학교 선생님들에게도 들어 본 적 없는 꾸지람에 심장이 오그라들었다.

"이래서야 내 귀한 알피를 어떻게 맡기겠어? 우리 아기 산책시키다 놓쳐서 유기견 만들기 딱 좋잖아, 지금!"

이 팀장은 앨런을 매섭게 닦아세웠다.

"자, 잘못했습니다. 제가 잠깐 아버지 생각에 빠져서 그만."

앨런이 고개를 숙였다.

"아버지?"

이 팀장이 다시 태블릿을 들여다보았다.

"아, 오늘 센터에 들어가셨군."

이 팀장 얼굴이 화난 상사에서 동정심 가득한 누나의 표정으로 돌변했다.

"그래서 앨런 군 바이오 수치가 불안정했구나."

"제 바이오 수치요?"

앨런의 눈가가 일그러졌다. 상대방의 바이오 수치를 허락이나 동의 없이 탐지하는 건 불법이었다. 개인정보 보호법에 정면으로 위배되는 짓이었다. 마치 통화 내용을 녹음할 때 상대방의 동의를 얻지 않으면 고소당할 수 있는 상황과 마찬가지였다.

이 팀장은 앨런의 표정이 굳어지는 걸 보자 코웃음을 웃었다.

"걱정하지 마. 앨런 군 바이오는 극히 정상이니까."

그걸 묻는 게 아닌데. 사과부터 하는 게 순서 아닌가, 하는 생각이 앨런 머릿속을 스쳤지만 그뿐이었다.

"그나저나 아버지가 실버 센터에 들어가셨다면 앨런은 이제 혼자 지내는 건가?"

"어차피 내년이면 성년이 돼서 독립하게 되어 있는 걸요. 괜찮습니다."

"난 정확한 사람이라 지각이나 그런 건 아주 싫어한다는 거 미리 얘기해 둘게. 혼자 지낸다고 생활이 흐트러지거나 그러면 안 돼. 알았지?"

이 팀장이 쐐기를 박듯 말꼬리를 아물렸다.

앨런은 '네' 하고 짧게 대답했다.

두 사람 사이에 어색한 침묵이 흘렀다. 그때 개 껌 씹기에 여념이 없던 알피가 갑자기 고개를 바짝 쳐들며 일어섰다. 알피는 거실과 주방을 잇는 문을 향해 코를 쿵쿵거리며 꼬리를 낮게 흔들었다. 한눈에 봐도 문 뒤에 있는 무언가를 감지하고 경계하는

몸짓이었다. 문이 열리며 홈봇이 차와 과자가 담긴 쟁반을 들고
들어왔다.

"잠시 실례하겠습니다."

앨런은 동그래진 눈으로 로봇을 올려다봤다.

"혹시 그…….."

앨런이 이 팀장을 바라보았다.

이 팀장은 기다렸다는 듯 대꾸했다.

"어때? 울트라 고의 태혁이랑 완전 똑같지? 얼마 전에 홈봇
관리 센터로 보내서 성형 좀 시켰어."

요즘 한창 인기몰이 중인 보이그룹 '울트라 고' 리더인 태혁
은 최고 인기 스타였다. 팬들 사이에서는 태혁이 안드로이드냐,
인간이냐를 놓고 논쟁이 끊이지 않았다. 야성미 충만한 몸매에
앳된 미소년 얼굴은 아무리 뜯어봐도 사람인지 로봇인지 가늠
이 되지 않았다. 기획사에서는 의도적으로 태혁의 신상에 관한
정보를 철저히 숨겼다. 그놈의 신비주의 마케팅은 AI 시대가 도
래해도 굳건히 제 힘을 발휘했다.

"아, 예. 저는 그만 깜짝 놀라서."

앨런이 말을 더듬거리며 홈봇을 올려다 보았다. 사실 앨런
은 태어나서 이 로봇처럼 사양 높은 안드로이드를 본 적이 없었
다. 태혁이라고 불리는 이 로봇은 안드로이드라기보다는 그냥
사람이었다. 아니, 사람보다도 더 사람다운 매력과 완벽함을 지

니고 있었다. 그런 고급 사양의 안드로이드에다 겨우 유행 타는 아이돌 얼굴이라니, 천박해 보였다.

앨런은 자신의 발치에서 서성이는 강아지를 내려다봤다.

"알피가 저 로봇을 따르지 않는다고요?"

그 말에 이 팀장이 기분 나쁘다는 듯 입을 쫑긋거렸다.

"태혁이라고 불러 줘."

톡 쏘는 말에 앨런이 얼른 네, 하고 대답했다.

이 팀장이 말을 이었다.

"그래서 앨런 군이 지금 내 집 응접실에 와 있는 거 아니겠냐고."

이 팀장은 태혁이 건네주는 찻잔을 받아들며 로봇과 눈을 맞추었다. 애정과 신뢰가 넘치는 눈빛이었다. 방금 전 앨런을 향해 쏘아 대던 표독스러운 눈매가 어떻게 저렇게 순식간에 돌변할 수 있는지 기가 막힐 정도였다.

"나도 그게 안타까운 점이라니까. 알피가 태혁하고 친하게만 지낸다면 우린 정말 완벽한 가족인데 말이야."

이 팀장은 알피에게 눈총을 주었다. 알피는 앨런 오른 다리에 등을 댄 채로 태혁을 주시하고 있었다.

태혁이라 불리는 로봇이 낮고 부드러운 음성으로 대꾸했다.

"제가 좀 더 알피와 친해지도록 노력하겠습니다."

로봇은 앨런 앞에 찻잔과 과자 접시를 놓아 주며 말했다.

앨런이 고개를 들고 태혁을 쳐다보았다. 그러다 그만 흡, 하고 소스라쳤다. 이 팀장을 등지고 시중을 드는 태혁의 얼굴이 딱딱하게 굳어 있었다. 앨런과 알피를 번갈아 쳐다보는 눈빛도 차갑기 그지없었다. 그런 홈봇의 얼굴을 보지 못한 이 팀장이 지시를 내렸다.

"태혁, 여기 금방 끝날 거니까 회사 차 좀 미리 호출해 줘. 출근해야지."

"예, 알겠습니다."

로봇은 대답과 함께 다시 부드러운 미소를 장착했다. 앨런은 주방으로 물러가는 로봇의 뒷모습을 멍하니 바라보았다.

"우리 알피 잘 부탁해."

이 팀장이 앨런의 시선을 다시 자신에게로 돌렸다.

"예? 아, 그럼요."

"정말 진심으로 하는 말이라구."

이 팀장은 눈을 커다랗게 뜨고 앨런을 빤히 쳐다봤다. 부탁을 하는 건지, 명령을 하는 건지 종잡을 수 없는 얼굴이었다. 그러고 보니 태혁이라는 홈봇과 이 팀장은 어딘지 묘하게 닮아 있었다. 사람과 로봇의 구분이 모호해지는 공간, 그곳이 강아지 알피가 사는 집이었다.

3

알피는 공원 산책길을 빨빨거리고 돌아다녔다. 앨런은 알피가 나무 밑동마다 냄새를 맡고 영역표시 하는 걸 쫓기 바빴다. 목줄을 늘일 대로 늘인 터라 강아지는 제멋대로 여기저기를 휘젓고 다녔다. 알피는 호기심이 왕성한 데 비해 성격이 날카로웠다. 조금만 비위가 틀려도 엄살이 보통 아니었다. 낯가림도 심해 처음 공원에 나왔을 때는 앨런의 품에서 발발 떨며 끙끙거리기만 했었다. 그래도 한 달 남짓 꾸준히 데리고 나오자 녀석도 차츰 적응하는 것 같았다.

앨런은 공원에 익숙해지는 알피를 보며 아버지를 생각했다.

'거긴 어떨까?'

아버지는 은퇴 후 여생을 보내는 실버 센터에 입주를 했다. 퇴직금을 신탁기금으로, 기본수당을 매달 생활비로 전액 지불하는 대신 실버 센터에서 여생을 보내며 보살핌을 받는 제도였다.

실버 센터 입주는 주로 서민층에서 선택하는 노후 대책이었다. 상류층 사람들은 실버 센터에 들어가지 않았다. 국가에서 운영하는 실버 센터에 의탁하지 않아도 의료와 여가 생활을 누리는 비용을 얼마든지 충당할 수 있기 때문이었다. 무엇보다 그들은 나이 쉰 살에 은퇴 당하지 않았다. 은퇴할 나이를 스스로 정할 수 있는 계층은 따로 있었다.

앨런의 아버지는 그런 계층이 아니었다. 정확히 쉰 살이 되는 생일 날, 정부에서 안내 메일이 전송되었다. 출근할 일터가 더 이상은 없음을 알리는 글이 모니터를 가득 채웠다.

"올 게 왔구나."

아버지는 가늘고 긴 한숨을 내쉰 끝에 중얼거렸다. 작고도 짧은 그 소리는 앨런의 귀에 바늘처럼 예리하게 꽂혔다.

앨런의 뇌리에 컴퓨터 앞에 앉아 화면을 들여다보던 아버지의 뒷모습이 선명했다.

센터로 들어간 아버지에게서 동영상 이메일이 왔다. 매주 금요일 저녁, 아버지의 안부가 담긴 메일은 1초의 오차도 없이 꼬박꼬박 도착했다. 내용 역시 매번 비슷비슷했다. 잘 지내고 있다고, 잘 지내라고……, 그게 전부였다. 센터에서 보호자 자격의 가족에게 서비스하는 프로그램 중 하나인 듯했다. 앨런은 이메일을 열어 볼 때마다 센터 안내장 메일을 열어 보던 아버지의 구부정한 어깨가 떠오르곤 했다. 안내장을 받고 난 후, 아버지의 눈동자에선 빛이 사라졌다. 앨런은 아버지의 조용하지만 무거운 변화에 신경이 쓰였다. 하지만 아르바이트 실습이니 지원서 제출이니 면접이니 하며 정신을 파는 통에 아버지의 얼굴이 날이 갈수록 어두워지는 걸 지나쳤다. 사실 알았다 하더라도 딱히 뭘 어떻게 해야 할지 몰랐을 것이다. 워낙 마음을 드러내는 것에 서투른 부자지간이었다. 앨런은 기억이 떠오를 때마다 후회가 밀려오곤 했다.

'안내장이 왔을 때, 어깨에 손이라도 한번 얹을걸.'

그러나 이미 지나가 버린 시간이었다.

그렇게 몇 달이 지났다. 앨런은 알피 말고도 강아지 한 마리를 더 돌보게 되었다. 이 팀장이 소개해 준 집이었다. 덕분에 앨런은 이제 굼벵이 가루 경단과 삶은 야채, 국수로 채워진 도시락 말고 가정식을 주문해 먹을 수 있게 되었다. 가정식 배달은 따뜻한 국과 밥, 그리고 이틀에 한 번씩 새롭게 제공되는 반찬들로 풍성한 식탁을 차릴 수 있었다.

"더 소개해 주고 싶어도 노동법에 걸릴까 봐 안 되겠어. 혹시 노동청에서 감사 들어오면 얘기해. 내가 처리해 줄 테니까."

이 팀장이 앨런을 보며 눈을 찡긋했다.

모든 직업인은 사흘 이상 근무하면 노동청에서 조사원이 나왔다. 근무지 책임자가 처벌을 당하고 노동자 역시 기본수당이 깎인다. 인공지능 사회에서 모든 사람이 공평하게 직업을 갖자면 이렇게 근무 시간을 나누어 가져야 했다.

앨런은 이 팀장에게 연거푸 고개를 숙이며 감사를 표시했다. 발 넓은 이 팀장 옆에만 붙어 있으면 졸업 후에도 생계 걱정은 덜 수 있을 것 같았다. 앨런은 아르바이트를 하지 않는 목요일과 금요일에 학교 수업 대신 메이커 센터에 나갔다. 대체 수업으로 인정받을 수 있는 메이커 센터는 뭐든 손으로 만드는 수공

예품 작업장을 일궜었다. 앨런은 알피를 위한 개집을 만들었다.

"앨런은 천생 반려동물 관리사야. 품성도 솜씨도 타고났다니까."

이 팀장은 원목으로 만든 강아지 집을 선물받자 호들갑을 떨었다.

"우리 알피 끝까지 돌봐 줘야 해! 졸업하고 다른 직업 찾는다고 딴맘 먹으면 안 돼!"

앨런은 이 팀장의 낭랑한 목소리를 되새기며 집으로 향했다. 이 팀장 말대로 평생 강아지, 고양이를 돌보며 살다 요양원으로 들어가는 걸까? 이게 전부일까? 얼마 전까지 생계를 걱정하며 생활비를 쪼개 쓰던 앨런이었다. 하지만 조금의 여유가 생긴 지금, 마음속 한구석에서 다른 생각이 고개를 쳐들기 시작했다. 앨런은 배달 음식 포장을 뜯으며 곰곰이 생각했다. 하지만 앨런이 아는 세상은 이게 전부였다.

저만의 특기와 적성을 발견한 건 천만다행이지만……, 아버지! 이게 다일까요?

앨런은 아버지에게 안부 메일을 쓰며 맨 마지막에 추신처럼 이렇게 물었다.

아버지도 실버 센터에 들어가는 그 전날까지 시청 대회의실

벽화를 그렸다. 아버지는 벽화가 완성되는 모습을 보지 못한 채 시청을 나와야 했다. 나머지 부분은 같이 작업을 했던 화가 두 명이서 완성한다고 했다.

"마무리할 시간은 줄 줄 알았는데."

아버지는 문득 이렇게 중얼거렸다. 하지만 그뿐이었다. 벽화의 완성을 위해 은퇴 날짜를 늦추어 달라는 요청이나 건의 따위는 할 줄 몰랐다.

아버지에게 답신이 없었다. 매주 금요일이면 어김없이 도착해 있던 메일이 3주째 감감무소식이었다. 확인해 보니 앨런의 질문이 든 메일은 바로 다음 날 확인된 것으로 떴다.

'그런데 왜 답장을 안 보내실까? 어디 아프신가?'

전자 우편 게시판을 들락거리던 앨런이 고개를 갸웃거리다 스마트 링을 눌렀다.

"예, 예. 그럼 지금 아버지랑 통화는 어렵다고요?"

앨런은 수화기 너머로 빠르게 읊어 대는 센터 담당 직원의 대답을 들으며 입술을 깨물었다. 아버지는 잘 있다, 다만 얼마 전 발견된 알콜 중독 증세 때문에 약 처방을 받은 기록이 있다. 약을 복용하면 졸음이 쏟아지고 행동이 조금 느려진다. 아마 이 때문에 메일 확인이 늦었을 것이다. 센터 담당 직원의 대답은 사무적이고 냉랭했다. 또 그만큼 파고들 틈이 없어 말문이 막혔다.

전화를 끊은 앨런은 아버지를 만나러 가기로 마음먹었다. 실버 센터에 면회 신청을 넣고 아버지에게 이메일을 썼다.

아버지, 센터에 들어가시고 면회를 한 번도 못 갔어요. 알바 일도 이젠 자리 잡혀서 여유가 생겼어요. 곧 만나 뵈러 갈게요.

아버지에게서 답신은 오지 않았다. 대신 센터에서 면회 수락을 알리는 문자가 왔다.

앨런은 일주일이 넘게 기다린 끝에 받은 답 문자에 마음을 놓았다. 그러느라 아버지가 앨런의 이메일을 확인하지 않은 채 일주일을 훌쩍 넘겼다는 건 미처 깨닫지 못했다.

아버지를 보러 가기로 한 전날이었다. 앨런은 퇴근하자마자 백화점에 들렀다. 미리 주문해 놓은 옷을 찾기 위해서였다. 아버지의 모습을 홀로그램으로 띄워 놓고 이 옷 저 옷을 시뮬레이션하며 맞춘 양복이었다. 옷값이 제법 비싼 편이었지만 앨런은 두 눈을 질끈 감고 돈을 치렀다. 택배로 먼저 보낼까 하다가 직접 드리는 게 좋을 거 같아 미리 알리지도 않았다. 백화점에서 완성된 양복을 집으로 보내 주겠다고 했지만 그것도 거절하고 직접 백화점으로 가서 옷을 찾았다. 그런 아날로그적인 행동이 선물하는 사람의 기쁨을 몇 배로 부풀려 준다는 걸 아버지에게서 배운 앨런이었다.

커다란 양복 상자를 들고 지하철 좌석에 앉은 앨런이 혼자 중얼거렸다.

"평생토록 물감 묻을까 좋은 옷 입지 못하셨잖아요. 이젠 한 벌쯤 가지고 계셔도 돼요."

내일 아버지에게 상자를 내밀며 할 대사였다.

그때, 스마트 링이 '딩동!' 하고 울리며 새로운 메시지가 팔뚝 위로 떴다.

[부고] 오늘 새벽 3시 56분 경 실버센터 4032호 조민준 씨께서 사망했음을 알립니다. 사망 원인은 투신에 의한······

앨런은 자리에서 벌떡 일어나 주위를 두리번거렸다. 전동차 안에 있던 승객들이 양복 상자를 바닥에 떨어트린 채 부들부들 떨고 있는 앨런을 놀란 눈으로 쳐다봤다.

4

자살에 의한 사망은 보험금 혹은 유족 연금이 일절 지급되지 않았다. 실버 센터에 입소할 때 넣은 보증금도 돌려받지 못했다. 은퇴 후 삶을 제대로 운영하지 못한 사람에게는 어떤 보상도 주어지지 않는 것이 AI 세상의 법칙이었다.

엘런은 센터 사무실에서 아버지의 타임라인을 기록해 놓은 모니터를 확인했다. AI가 수집한 시간대별 이동 경로인 타임라인……. 아버지의 일상을 가장 잘 아는 존재는 아들 혹은 센터에서 사귄 친구, 혹은 담당 관리사가 아닌 인공지능의 빅 데이터였다.

그러고 보면 아버지는 용케도 자살에 성공한 셈이었다. 바이오 케어 시스템 혹은 자율 행동 패턴 분석조차 아버지의 결심을 예측하지 못했다. 아버지의 마음과 몸 어느 곳도 자살의 징후를 들키지 않았다. 아버지는 정말 아무렇지도 않게, 최대한 멀쩡히 지내다 어느 순간 돌발적으로 목숨을 끊어 버린 거다. 어떤 인공지능 프로그램도 예측할 수 없는 순간에 말이다.

앨런은 아버지의 관에 양복을 같이 넣었다. 새 양복은 주인과 함께 하얀 연기로 흩어졌다.

"생전에 아드님께 무슨 징후를 보이시진 않았나요?"

조사를 나온 복지부 직원이 앨런에게 물었다. 앨런은 그저 고개를 가로저을 뿐이었다. 통화할 때마다 그저 '잘 지내고 있다'라는 한 마디가 전부였다. 앨런은 그 한 마디를 핑계 삼아 관심을 놓아 버린 스스로가 한없이 원망스러웠다.

마지막으로 담당 관리사가 앨런에게 유서를 건네주었다.

그게 다라면 살아야 할 이유가 없겠지.

그토록 기다렸던 답이 유서 안에 적혀 있었다.

앨런은 유서도 양복 주머니 안에 넣었다.

노동청으로부터 한 달 휴가가 나왔다. 그동안 심리 상담과 정신과 치료를 받아야 했다. 가까운 혈족의 갑작스러운 죽음에 제공되는 의료 서비스였다. 서비스 완료 후 심리 검사를 받아야 했다. 그래서 직장에 정상적으로 복귀할 준비가 되었는지 확인받아야 했다. 휴가 기간 동안 학교 담임선생님과 친구들로부터 위로 전화를 받았다. 무슨 얘기를 주고받았는지 기억은 없었다.

'몇 시나 되었을까?'

눈을 뜨니 창밖은 검은 밤하늘로 가득했다. 앨런은 몸을 일으켜 두리번거렸다. 익숙할 대로 익숙한 방이었지만 어딘지 모르게 낯선 기운으로 가득 찬 공간이었다.

앨런은 병원 진료가 끝나 집으로 오면 먹지도 자지도 않고 책상 앞에 우두커니 앉아 있곤 했다. 시간이 가는지도, 배가 고픈 줄도 모른 채 새벽을 맞이했다.

진료 마지막 날, 앨런은 책상 앞에 앉아 최종 결과가 이메일로 전송되기를 기다렸다.

딩동!

경쾌한 알림음이 스피커를 통해 방 안에 울렸다.

앨런은 느릿한 손짓으로 마우스를 움직여 이메일을 열었다.

심리 검사 최종 결과지가 모니터 위에 떴다. 결과지 끄트머리에는 앨런이 반려동물 관리사로 업무에 복귀해도 괜찮다는 문장이 선명히 적혀 있었다.

앨런은 그 문장에 눈을 박고 가만히 앉아 생각했다.

'나는 정말 괜찮아진 걸까? 나는 아버지의 죽음을 극복하고 다시 일상으로 복귀할 준비가 된 것인가? 아버지 자살이라는 사건이 겨우 한 달 만에 정리될 수 있는 것일까?'

돌이켜 보면 정신건강 센터와 병원을 오갔던 지난 한 달 동안, 앨런이 솔직한 생각과 마음을 드러낸 적은 단 1초도 없었다. 상대가 누구건 무엇이건 간에 말이다. 앨런은 그렇게 해야만 하는 행동과 그래야만 하는 말들만 늘어놓았을 뿐이었다. 그것이 세상에 단 하나뿐인 혈육을 졸지에 잃어버린 열여덟 살 고아가 할 수 있는 유일한 자기방어였다.

앨런의 얼굴에 뭐라 설명할 수 없는 복잡한 표정이 떠올랐다.

"내가 다시 일을 해도 되는지 안 되는지도 다른 무언가가 결정해 주는구먼."

그 무언가가 심리 상담을 했던 상담사인지 아니면 우울증 약을 복용하기를 권유했던 정신과 의사였는지, 그것도 아니면 상담사와 의사가 입력한 앨런의 치료 과정 데이터를 분석한 인공지능 의료 시스템인지 알 수 없었다. 어쨌거나 앨런은 아버지의 갑작스러운 자살에 따른 충격을 무난히 극복한 걸로 정의되었다.

5

앨런이 무거운 몸을 일으켜 부엌으로 향했다. 열흘 전, 아무렇게나 벗어던진 스마트 링이 그 자리 그대로 방구석에서 깜빡거리고 있었다. 정신건강 센터에서 치료 완료 메일을 받은 지 보름이 넘었다. 앨런은 사흘 동안 하루에 한 끼만 먹으며 침대에서 잠만 잤다. 그리고 나흘째 되는 날부터 밖으로 나가 거리를 헤매기 시작했다. 앨런의 생활을 관리해 주는 가정용 인공지능 시스템은 여행 모드로 바꾸어 놓은 채였다. 스마트 링 역시 침대로 숨어들던 날 팔목에서 빼 버렸다.

그렇게 열흘이란 시간이 눈 깜짝할 사이에 흘렀다. 앨런은 시간이 술술 잘 가는 게 너무 신기했다. 계획도 실행도 없이 무위도식으로 아무렇게나 방치한 하루하루였다. 태어나서 처음으로 인공지능 컴퓨터의 타임 스케줄에 따르지 않고 지낸 열흘이었다. 게으른 자에겐 시간이 한없이 느리게 흘러간다던 가르침은 새빨간 거짓말이었다. 시간은 기름칠한 유리관을 빠져나가는 쇠구슬처럼 매끄럽고 빠르게 지나가 버렸다.

앨런이 거리의 방랑자 흉내를 내기 시작한 지 일주일 즈음 되는 날, 냉장고는 텅 비어 버렸다. 앨런은 스마트 링을 주워 들었다. 스마트 링 화면을 이리저리 움직이던 앨런이 중얼거렸다.

"이번 달 기본수당이 안 들어왔네. 그래서 음식 배달이 끊긴 거군."

자동 이체로 해 놓은 식재료 대금 납입은 중단된 상태였다. 돈을 내지 않았으니 배달 음식이 대문 앞에 놓일 리가 없었다.

앨런은 스마트 링을 전화 기록 화면으로 돌려 들여다보았다. 이 팀장에게서 열네 통의 전화와 여섯 통의 문자가 와 있었다. 그 외에도 반려동물 관리사 협회 지역 총괄 사무소에서 다섯 통, 심리 검사를 했던 정신건강 센터에서도 한 통의 전화가 와 있었다. 그리고 모르는 번호 하나.

앨런은 고개를 갸웃거렸다. 궁금증에 못 이겨 모르는 번호로 막 통화 단추를 누르려는데 전화기가 웅웅 울어 댔다. 앨런이 흠칫 놀라 들여다보니 이 팀장 집 전화번호였다.

"여보세요? 앨런? 듣고 있지? 우리 집으로 와. 와서 얘기하자."

앨런은 스마트 링을 팔목에 차고 일어섰다.

홈봇 태혁은 예의 그 상냥한 미소로 앨런을 맞았다. 앨런이 소파에 엉거주춤 걸터앉자 알피를 품에 안은 이 팀장이 방에서 나왔다.

"쿠션 두 개."

이 팀장은 앨런이 자리에 앉자마자 툭 내뱉었다.

"예?"

앨런이 어리벙벙한 표정을 짓자 이 팀장이 짜증스런 한숨을 내쉬었다.

"알피가 산책을 못 한 스트레스로 물어뜯은 거. 요 며칠 동안 알피가 저지른 만행에 대해 브리핑 좀 해 줄까?"

앨런은 강아지 분탕질을 사주한 원흉이나 된 기분이었다. 이 팀장의 말투는 시간이 지나건 많이 듣건 익숙해지지 않았다. 들을 때마다 신경이 곤두서고 머리가 쑤시는 어법이다. 저런 것도 재주일까? 앨런은 이 팀장의 빨갛게 칠한 입술을 쳐다보며 속으로 생각했다.

"아, 네에."

앨런이 고개를 숙이며 느릿하게 대답했다.

이 팀장은 앨런의 늘어진 태도에 약이 오르는 모양이었다. 잠깐 앨런을 뚫어져라 겨누어 보더니 콕 찌르듯 물었다.

"알바면 좀 무책임해도 되는 건가?"

"무책임이라뇨?"

"아, 짜증 나. 왜 뭐만 물으면 되물어? 한번에 딱딱 못 알아들어? 이래서 사람은 성가시다니까."

이 팀장이 한 말 중 '사람은 성가시다'라는 문장이 앨런의 귀에 콕 박혔다.

"마치 팀장님은 사람이 아닌 것처럼 말씀하시네요."

앨런은 이 팀장의 말이 농담일 거라 짐작했다. 혹은 같은 사람이라도 계급이 다르니 저렇게 막말하는 걸 수도 있겠다 싶었다. 하지만 앨런이 웃음기 어린 얼굴로 본 이 팀장의 얼굴은 말끔하게 진지했다.

"사람은 말이야. 그 빌어먹은 감정 때문에 모든 걸 망치는 법이야. 일이든 삶이든 간에."

이 팀장은 경멸과 지루함이 뒤섞인 애매한 눈길을 앨런에게 던졌다. 앨런은 이 팀장의 말이 자신을 넘어 아버지에 대한 모욕임을 본능적으로 간파했다. 하지만 뭐라고 대응해야 할지 몰랐다. 태어나서 이렇게 면전에서 대놓고 욕을 듣기는 처음이었다. 앨런은 귀까지 새빨개져 손끝이 바르르 떨렸지만 뒤이어 이어지는 이 팀장의 말을 듣고 앉아 있을 뿐이었다.

"안락하고 편안한 삶, 안전하고 쾌적한 환경 안에서 사는 게 뭐가 불만이야? 이번처럼 행동하면 존엄비 삭감되고 관리사로서 신용 등급 깎일 텐데 겁도 안 나?"

이 팀장은 응접 탁자 위에 놓인 리모콘을 집어들었다. 그리고 여섯 개의 모니터 중 가장 크고 가운데 위치한 브라운관을 향해 단추를 꾹 눌렀다. 그러자 뉴스를 내보내던 화면이 갑자기 바뀌며 시내 한복판 거리가 나왔다. 화면 질로 보나 촬영한 각도로 보나 폐쇄 회로 감시 카메라로 찍은 영상이 분명했다. 모니터 화면 위로 거리를 방황하는 앨런의 모습이 날짜 순서대로 흘러나왔다. 누가 일부러 편집한 영상 같았다.

앨런은 의아한 얼굴로 화면을 건너다보다 벌떡 일어났다.

"고용주면 제 타임라인까지 열람할 권리가 주어지는 겁니까?"

고함 소리에 알피가 이 팀장의 품을 벗어나 소파 밑으로 숨어 버렸다.

이 팀장은 눈썹 하나 까딱하지 않고 대꾸했다.

"내가 어디 다니는지 첫날 얘기했을 텐데?"

"그러니까요. 전 세계 빅 데이터를 총괄하는 GG그룹 데이터 관리 팀장이면 그래도 되는 거냐고요. 제가 아는 한 그건 불법일 텐데요."

이 팀장은 앨런의 날카로운 지적에도 아랑곳하지 않았다.

"우리 알피는 앨런이 필요해. 마음놓고 맡길 수 있는 관리사가 필요하다고. 휴, 근데 자긴 뭐야? 왜 그렇게 제멋대로냐고! 계획이 다 엉망이 되잖아."

이 팀장은 팔짱을 끼며 말꼬리를 높였다. 앨런은 신경질적으로 자신을 쏘아보는 이 팀장의 눈길을 담대하게 받았다. 이 팀장은 앨런이 아무런 반응도 없자 팔짱을 풀고 말씨를 부드럽게 가다듬었다.

"좋아, 이번 한 번뿐이야. 봐주는 거. 다른 집에도 얘기 잘 해둘게."

말을 마친 이 팀장이 주방을 향해 "태혁" 하고 불렀다. 거실로 들어오는 홈봇 손에 종이 한 장이 들려 있었다. 홈봇은 종이를 앨런 앞에 놓았다.

"이게 뭡니까?"

"내가 원래 복고적인 취미가 있거든. 아무리 AI 세상이라지만 각서는 직접 지장을 받는 게 확실하잖아."

종이 위에는 다시는 무단결근 및 출입을 하지 않겠다는 내용이 적혀 있었다.

앨런은 피식, 웃음을 흘렸다.

"여기다 제 지문만 남기면 된단 얘깁니까?"

"각서 쓰고도 차후에 또 같은 일을 벌이면 그땐 가중처벌이야."

잠시 방 안에 어색한 침묵이 흘렀다.

앨런은 종이를 뚫어져라 보다 소파 밑에 웅크리고 앉은 알피를 불렀다. 강아지는 기다렸다는 듯 앨런의 무릎에 앞발을 얹으며 꼬리를 흔들었다.

"알피, 미안하다. 너와의 인연은 여기까지인가 보다."

앨런은 자리에서 일어나 이 팀장을 향해 고개를 숙였다.

"사직서는 이메일로 보내 드리겠습니다. 노동청에 어떻게 보고를 하시든 상관 안 할 테니 알아서 하세요."

이 팀장은 당황한 듯 엉덩이를 들썩였다.

"사직이라니? 누구 맘대로?"

앨런이 또박또박 대답했다.

"제 마음대로요."

이 팀장은 기가 막힌다는 듯 콧방귀를 뀌었다.

"그런 식으로 나오다간 우리 집뿐만 아니라 내가 소개해 준 집도……."

앨런이 이 팀장의 말허리를 잘랐다.

"그 집 역시 사직서를 제출할 겁니다."

"뭐, 뭐라고?"

이 팀장은 멍한 표정이 되어 입만 벙긋거렸다.

앨런은 천천히 일어나 집을 나왔다. 알피가 앨런을 뒤쫓았으나 홈봇인 태혁이 얼른 알피를 낚아챘다. 앨런은 스르르 닫히는 문 사이로 알피가 태혁 품을 벗어나려 몸부림치는 걸 마지막으로 보았다.

그녀의 선택

바람으로 가는 배

테이아는 선착장 천장에 매달린 전광판을 올려다보았다.

2069년 11월 20일 14시 15분

시간을 가리키는 숫자 아래로 입항할 배와 출항할 배의 번호와 목적지가 빼곡했다.

"내가 탈 배가 몇 번 게이트였지?"

테이아가 오른 손목을 들어 살짝 비틀었다. 피부 아래 이식해 놓은 스마트 링 버튼이 반짝였다. 테이아가 손목 살갗을 살짝 누르자 팔 위로 홀로그램이 떴다.

미국 샌프란시스코행 여객선 2559편 승선 시간 14시 35분 탑승 게이트 35

테이아는 여객 승선표를 확인하고 발걸음을 재촉했다. 그녀가 서 있는 곳은 겨우 4번 게이트 앞, 저 멀리 35번 게이트 유리창 건너로 태양열 범선인 뉴 커먼센스 호가 승객을 태우고 있었다. 테이아가 경이에 찬 표정으로 배를 살폈다.

"와! 크다!"

뉴 커먼센스 호가 기적을 뿌 하고 올렸다. 첫 배 여행에 호들갑 떠는 촌뜨기를 환영하는 듯했다.

배에 오른 테이아가 선실을 찾아 들어갔다. 그녀 앞으로 예약된 방은 객실 구역 맨 꼭대기 층에 자리하고 있었다. 테이아는 긴 복도를 거쳐 화려한 금박 장식 조각을 입힌 방문 앞에 섰다. 그리고 스마트 링에서 QR 코드를 꺼내 문을 열었다.

"음! 쓸만하군!"

호텔 방을 이리저리 확인한 테이아가 고개를 끄덕였다. 들뜬 테이아가 여행용 가방을 푸는데 벽에 달린 스피커에서 안내 방송이 흘러나왔다.

"오늘도 저희 뉴 커먼센스 호를 이용해 주신 고객 여러분께 감사드립니다. 우리 배는 11월 20일 통일 대한민국 인천항을 출발해 12월 20일 미국 샌프란시스코 항에 도착할 예정입니다.

승객 여러분께서는 긴 여행 동안 안전과 건강을 위해 다음 수칙을 따라 주시기 바랍니다. 첫째, 여행 중 발열이나 기침 증상이 있으신 경우 외출을 자제하시고 즉시 의무실로 연락 주시기 바랍니다. 의무실 긴급전화는 0번입니다. 둘째, 저희 의료진에 의해 감염 등의 문제가 있으신 것으로 판단될 경우……."

테이아는 멈추었던 손을 다시 놀리며 중얼거렸다.

"한 달이나 걸린다, 이 말이지."

동그랗게 뚫린 창 너머로 푸른 바다가 넘실거렸다. 테이아의 방은 5단계로 나뉘는 객실 중 가장 고급인 스위트룸이었다. 일인용이라 넓지는 않았지만 실내 장식이나 다양한 서비스 물품이 일반 객실과는 비교가 되지 않았다. 특히 뉴 커먼센스 호의 커다란 돛이 보이는 베란다 창은 선장실에 있는 듯한 착각을 일으킬 정도였다.

테이아가 허리에 손을 척 얹었다.

"지구 환경을 위해서라면 한 달이 아니라 6개월이 걸린다 해도 감수해야지."

과연 국제기후연합기구 국장 입에서 나올 만한 각오였다. 스위트룸 역시 그만한 위치를 가진 인물이 누릴 수 있는 특혜 중 하나였다. 기후연합 국장의 직위는 각국의 외무장관급에 버금가는 영향력을 지니고 있었다. 세계 평화와 공존을 위해 국경 없이 활동하는 기후연합은 지구상에서 가장 중요한 국제기구이다.

2070년을 한 달 남짓 앞둔 현재, 지구 상공 위를 날아다니는 비행기는 한 대도 없었다. 항공기가 내뿜는 오염 물질은 오존 층 파괴와 대기 온도 상승에 큰 영향을 끼쳤다. 기차와 자동차, 배 등의 교통수단도 오염 발생 원인 제공에서 비행기와 크게 다르지 않았다. 다만 이들은 태양열과 풍력에 의한 전기로 동력을 만드는 친환경으로 탈바꿈이 가능했다. 안타깝게도 비행기는 불가능했다. 장시간 비행을 위한 배터리 충전은 시간이 너무 오래 걸렸다. 더 중대한 문제는 배터리의 무게였다. 한 시간 이상 비행기를 움직일 수 있는 배터리는 그 무게만 비행기 총 중량의 60퍼센트를 차지했다. 결국 비행기는 반자연 친화적 교통수단으로 결론이 나서 운행이 중단되었다.

항공 산업이 문을 닫자 대륙 간 여행은 태양열로 전기를 생산하고, 풍력에 의해 나아가는 범선을 이용하는 해상 이동 산업이 그 자리를 대신했다. 같은 대륙 내에서는 기차가 사람과 짐을 실어 날랐다. 기차도 비행기 못지않은 에너지와 무거운 배터리를 필요로 했지만 정차하는 역마다 배터리 충전과 교체가 가능했기 때문에 살아남을 수 있었다.

통일 대한민국에서 미국의 서부를 잇는 노선은 태평양을 가로질러야 해서 긴 항해를 요구했다. 비행기를 타고 하루 만에 태평양을 넘나들던 시대는 이미 2050년 막을 내렸다. 이제 사람들은 해외여행을 일생에 한두 번 있을까 말까 한 행사로 여겼다. 불만을 꺼내는 사람은 없었다.

기후 재앙을 막기보다 기후 재앙이 닥치는 걸 최대한 늦추는 것이 인류 생존 과제가 된 해가 2050년이었다. 그해는 인류 역사와 지구 생존에 거대한 전환점을 맞이한 중요한 해로 기록되었다. 2050년 2월, 컴퓨터 공학자들의 예견대로 인공지능 컴퓨터에게 특이점이 왔다. 21세기로 들어서면서 인공지능의 특이점 시점은 2045년으로 점쳐졌다. 하지만 2030년대에 들어서 잠깐 AI 산업에 대한 거센 반발과 혐오 운동이 전 세계적으로 일어났다. 그 탓에 4차 산업혁명 시기의 도래가 몇 년 주춤했다. 그러다 결국 다시 원점으로 돌아가 AI 로봇 기술 발달은 계속되었다. 이미 인공지능의 편리함에 길들여진 습관을 버리지도 고치지도 못하는 인간 때문이었다. 인간의 능력을 월등히 추월하게 된 인공지능은 그 첫 선언으로 인류에게 이렇게 제안했다.

"대멸종을 막기 원한다면 저를 기후 관리 시스템의 빅 리더로 삼으세요. 전 세계 기후 대책에 대한 책임과 권리를 제게 주신다면 멸망을 앞둔 인류는 구원될 수 있습니다."

당시 특이점이 온 인공지능의 권유를 무시할 수 있는 국가나 인간은 존재하지 않았다. 인류는 눈앞에서 벌어지고 있는 기상 이변과 그에 따른 생태계 파괴, 재앙 수준의 환경 변화에 어찌

할 바 모르고 있던 참이었다. 기후 재앙은 인간이 감당할 수 있는 임계점을 한참 지난 때였다. 2050년 기준으로 세계 인구의 80퍼센트가 기아에 허덕이고 쉴 새 없이 창궐하는 전염병에 시달렸다. 주거 환경의 70퍼센트는 끊임없이 발생하는 지진, 산불, 해일, 폭우, 가뭄 등의 자연재해로 초토화된 상태였다. 사람이 살기 적당한 환경을 유지하는 지역은 몇몇 대부호들의 사유지가 된 지 오래였다. 국가 간 국경 분쟁, 경제 위기로 터지는 내전, 다섯 개의 대륙을 떠돌아 다니는 기후 난민 무리까지 세계는 돌이킬 수 없는 혼란 속에 있었다. 그때 마침 네오 가이아가 등장했다. 뭐든 좋으니 지옥 같은 상황을 타개해 줄 해결책이 나오기만을 고대하던 인류는 특이점이 지난 인공지능의 무서움을 따질 새도 없이 두 팔 벌려 환영했다.

세계 정상들의 G20 회의가 연거푸 열렸다. 각 나라의 수반들은 1년 가까운 시간 동안 거의 동고동락하듯이 모여 논의에 논의를 이어 갔다. 그리고 최종 결정을 내렸다. 당시 유엔 사무총장으로 있던 로라 덩컨 박사는 전 세계 시민을 향해 이렇게 공표했다.

"지구를 되살릴 수 있는 모든 정치·경제·군사적 권한을 인공지능 네오 가이아에게 양도하기로 합니다. 이는 지구의 기후가 정상화될 때까지를 한정해서 실행되는 국제 협약입니다."

이 결정에는 인공지능 컴퓨터의 계산을 통해 나온 '미래 예측

서'도 한몫했다. 지금과 같은 환경 파괴와 온난화가 지속될 경우 2070년, 인류를 포함한 지구 생물체의 75퍼센트가 멸종에 이르는 대멸종 시점을 맞이하게 되리란 전망이 그것이었다. 인류는 지푸라기라도 잡는 심정으로 네오 가이아의 제안을 수용할 수밖에 없었다.

첫 번째로 시행된 환경 보호 정책이 항공 운송 수단의 중단이었다. 동시에 기존에 있던 기후 대책과 협약 들은 자동 폐기되었다. 나라마다 다른 이해관계 속에서 충돌하며 헛공약이 되어 버린 협약들이었다. 네오 가이아는 국제기후연합 기구를 신설하고 수장인 사무총장직에 올랐다.

20년이 흘렀다. 결론부터 말하자면 네오 가이아 정책은 성공이었다. 2070년을 한 달여 앞둔 지구에는 아직 대멸종 사태가 벌어지지 않았다. 지구는 아슬아슬하게나마 생태계를 유지하고 있으며, 인류 역시 기아와 분쟁에서 벗어나기 시작했다.

20년이 채 안 되는 시간이었지만 네오 가이아의 판단과 결정은 지구를 하루가 다르게 회복시켜 나갔다. 그러고 보면 지구의 자체 치유 능력은 상상 이상이었다. 네오 가이아의 지휘 아래 속속 시행되기 시작한 기후 복원 프로젝트는 시행 1년이 지나자 보통 사람들도 피부로 느낄 수 있을 정도의 효과를 보였다.

미세 먼지가 사라지고 대기 질은 급속히 좋아졌다. 오존층의 회복 속도도 기대 이상이었다. 무엇보다 남극과 북극의 빙하가

녹으면서 시작된 해수면 급상승이 둔화되었다. 해양 기후가 안정되자 핵폭탄 급의 폭풍이나 해일, 홍수와 가뭄의 피해가 줄어들었다. 바다 생태계도 다시 살아났다. 덕분에 이제 인류는 각종 오염 폐기물과 이산화탄소를 배출하는 육식용 가축 대신 바다에서 올라오는 각종 생선류로 식탁을 꾸렸다.

네오 가이아가 G20 회의에서 낭독한 보고문 중에 인상 깊은 구절이 하나 있었다.

"기후 복원 정책이 시행된 지 5년이 지난 현재, 지구 자연환경과 생태계의 회복 능력은 제 알고리즘으로도 짐작지 못했던 수준입니다. 이 사실을 거꾸로 짚어 보자면 그동안 지구는 인류의 지독하고 잔인한 자연 파괴 행위를 최선을 다해 방어하고 있었다는 뜻으로도 해석할 수 있겠습니다. 이 연설을 듣고 계신 여러분! 잊지 마십시오. 지구는 인류의 만행을 수없이 용서하며 품어 준 어머니입니다."

이 연설과 보고서에서 밝힌 각종 환경 회복 지표 덕분에 네오 가이아의 인기와 신뢰는 더욱 공고해졌다.

짐 정리를 끝낸 테이아가 사무복을 벗고 가벼운 여행객 차림으로 갈아입었다. 테이아는 출장 업무에 짓눌린 머리에 상쾌한 바닷바람을 넣고 싶어졌다. 기왕에 탄 배, 기왕에 하게 된 항해라면 살짝 즐겨도 나쁠 것 없지 않을까 하는 마음이었다. 테이아는 샤워실 화장대 앞에 서서 콧노래를 부르며 얼굴을 매만졌다.

"오늘은 자외선 지수가 높다고 했거든. 거기다 바다 한가운데니까 두 배 이상의 강도가 예상된다 이 말이지."

테이아는 화장품 주머니에서 자외선 차단 지수가 높은 선크림을 꺼내 얼굴과 손, 목에 꼼꼼히 발랐다. 거울에 비친 그녀는 상쾌하고 아름다운 분위기를 뿜어냈다. 국제기구 국장이라는 높은 자리에 올라 있지만 테이아는 이제 겨우 열아홉 여자였다. 물론 테이아가 갖추고 있는 역량은 누구에게도 뒤지지 않았다. 테이아는 이미 열 살 나이에 기후 대책 전문대학원에서 박사 학위를 취득한 영재 재원이었다. 박사 학위를 받자마자 기후연합에 특채로 뽑혔다. 그리고 6년 만에 최고위급인 국장 자리에 올랐다. 기후연합 직원들은 차기 총장감으로 테이아를 첫손에 꼽았다. 이변이 없는 한 그들의 예상은 틀리지 않을 듯했다. 테이아의 인사고과는 그 누구도 따라올 수 없을 만큼 높았다.

그녀는 지구 환경을 위해 태어난 사람 같았다. 주어진 소명에 충실하며 언제나 큰 자부심을 지닌 채 일했다. 다만 공부와 직장 내에서의 업무가 삶의 전부라 다른 세상은 잘 모르는 숙맥이라는 점이 작은 열등감으로 작용할 뿐이었다.

테이아가 챙 넓은 모자를 쓰고 갑판 위로 나왔다. 뉴 커먼센스 호는 벌써 제주도를 지나 태평양으로 진입하고 있었다. 바람 에너지와 태양 에너지에 의존해 움직이는 배가 생각 외로 빠른 속도를 냈다.

'석탄이나 석유, 가스나 원자력이 아닌 천연 에너지로도 충분히 속도를 획득할 수 있는데 왜 인류는 이제껏 환경 파괴를 부르는 짓만 골라서 했지?'

테이아가 보기에 사람이란 지극히 한심한 존재였다. 편리함을 부르짖으며 바로 다음 날 치러야 할 대가를 외면한 채 보금자리를 파괴하던 지난 200년의 역사를 어떻게 이해해야 할지 막막할 뿐이었다.

"아! 정말 눈부시구나!"

그녀는 바닷물 위로 반사되는 강렬한 태양 빛에 숨이 막힐 지경이었다. 머릿속으로 파고들듯 힘차게 부는 바닷바람에 몸을 맡겼다. 바다 내음에 테이아는 알 수 없는 행복감을 느꼈다. 지금껏 살면서 한 번도 경험해 보지 못한 감정이었다.

"30일 동안 지루할 거라 짐작했던 거 취소!"

테이아는 배 안에서 처리하기 위해 잔뜩 싸 들고 온 업무가 떠올라 피식 웃었다. 자연을 만끽하며 유유자적 여행을 즐기기에 한 달은 모자랄 것만 같았다. 새삼 미국 출장을 결정해 준 총장에게 고마운 마음이 들었다.

"나중에 귀국 보고서 작성할 때 감사의 말을 꼭 넣어야지."

테이아가 콧노래를 흥얼거리며 갑판을 거니는데 안내 방송이 울렸다.

"잠시 후 17시 정각에 선내 대연회장에서 선장님 주재로 출항 파티가 있을 예정입니다. 뉴 커먼센스 호에 탑승하신 고객께서는 한 분도 빠짐없이 파티에 참여해 여흥을 즐기시길 바랍니다. 선실 A층과 B층에 투숙한 분들은 포세이돈실, 그 외 일반 객실에 투숙한 분들은 트리톤실로 가시면 되겠습니다."

투숙하는 선실의 등급에 따라 연회 장소가 달라지는 모양이었다. 갑판 위에 삼삼오오 모여 있던 사람들이 흥분 가득한 표정으로 술렁이기 시작했다. 미리 여행 안내 책자를 통해 알고 있었던 내용이지만 그래도 파티란 언제나 사람을 들뜨게 만드는 법이었다.

"그럼 나는 포세이돈실로 가면 되겠지."

테이아가 서둘러 선실로 내려갔다.

"파티에 어울릴 만한 칵테일 드레스를 어느 가방에 두었더라."

테이아는 배에 오르기 전 면세점에서 산 초록빛 드레스를 떠올리며 종종걸음을 쳤다.

미국식 스테이크

"뿌-우-!"

샌프란시스코 항구에 다다른 뉴 커먼센스 호는 기다란 기적을 울렸다. 오랜 항해를 무사히 마친 바다 신이 안도의 한숨을 내쉬는 것 같았다.

"여행용 가방 3개와 서류함 1개를 입력하신 호텔로 보내 드리겠습니다."

체크아웃을 위해 선실에 들른 안내 로봇이 테이아에게 말했다.

"잘 부탁해요."

테이아는 홀가분하게 서류 가방 하나만 들고 갑판 위로 올라왔다. 갑판 가장자리에는 하선을 기다리는 여행객들이 늘어서 있었다. 테이아가 고개를 빼고 기웃거려 보니 같은 층에 묵었던 승객은 하나도 보이지 않았다. 고급 객실 승객부터 먼저 배에서 내리도록 차례가 주어졌기 때문이다. 테이아는 본부에서 온 업무 메일을 확인하느라 뒤늦게 갑판으로 올라온 참이었다.

"휴, 길기도 하네."

테이아는 줄 맨 끝으로 가 서서 난간 아래로 펼쳐진 샌프란시스코 항구를 내려다보았다. 항구는 사람들로 북적거리고 버스와 자동차 들이 뒤섞여 교통 체증을 만들어 냈다. 언뜻 보면 활기찬 국제 항만으로 보일 수 있겠지만 테이아는 그 혼잡스러운 겉모습 밑에 깔린 무거움을 감지했다. 뭐라고 꼬집어 말할 수는 없지만 어떤 안 좋은 기운이 항구 전체를 내리누르는 것 같았다. 테이아는 방금 열어 보고 나온 메일 내용 때문에 생긴 선입견일까 하는 생각이 들었다.

"입국해 보면 알겠지."

항구 건물 밖에 달린 스피커에서 똑같은 안내 방송이 끊임없이 왕왕댔다.

"심사를 받을 분들은 질서를 지키시기 바랍니다. 입국 심사장으로 들어가기 전에 발열 체크 부스를 통과하시기 바랍니다. 다시 한번 말씀드립니다. 발열과 호흡기 증상이 있는 분들은 왼쪽 선별 진료소로 속히 이동해 주시기 바랍니다."

테이아는 입국 심사장으로 곧장 향하게 만든 선을 따라갔다. 승객들은 방금까지 받았던 배 위에서의 대접을 빨리 잊어야 했다. 뉴 커먼센스 호의 고객이라는 자격이 가져다준 다양한 서비스와 혜택은 배에서 내리는 순간 신기루처럼 사라졌다. 대신 미국이라는 위대한 나라에 들어올 수 있는 자격이 있는지 엄격하게 저울질당하는 신세로 탈바꿈했다.

테이아는 손목 안쪽을 들여다보았다. 피부 아래에서 시각을 알리는 숫자가 파랗게 빛나고 있었다. 9시 47분이었다.

"오전 11시까지는 호텔 체크인을 해야 하는데……."

11시 30분에 호텔 로비 커피숍에서 미국 보건부 사무관과 미팅 약속이 있었다. 테이아는 잠깐 망설였다. 기후연합 국장이라는 신분을 내세워 입국 심사장을 먼저 통과해야 할지, 아니면 다른 승객들과 똑같이 순서를 기다려야 할지 판단이 서지 않았다.

미국의 입국 심사는 세계적으로 정평이 나 있었다. 매우 고약한 쪽으로 말이다. 입국 심사를 하는 담당 공무원의 거만하고 불친절한 태도는 논쟁거리도 아니었다. 그들의 사무 처리 속도가 실로 가관이었다. 마치 월요일 아침 출근 직후 업무 체크를 하는 게으른 사무직원처럼 손짓도 눈짓도 말도 느려 터졌다. 그러나 아무리 오래 기다린 사람이라도 불평 한마디 내뱉을 수 없었다. 투덜거리거나 항의를 하면 미국 땅은 밟아 보지도 못한 채 되돌아서야 했다. 심사대에서 대답 중에 실수가 나도 그 자리에서 '입국 불가'라는 도장을 쾅 찍어 배로 돌려보냈다.

이해할 수 없는 일이었다. 입국 심사를 인공지능 기계가 아닌 사람이 한다니 말이 되지 않았다. 기계가 처리할 수 없는 경우에 한해 심사원에게 절차를 밟는 게 아니라 아예 자동 입국 검사 기계는 한 대도 설치되어 있지 않았다.

미국에 들어가려면 신분과 건강 상태만 검열받는 게 아닌 것 같았다. 까탈스럽고 퉁명스러운 심사원들의 심기를 건드리지 않고 고분고분한 참을성을 증명해야 입국이 허락되는 시스템처럼 느껴졌다. 미국에 들어가려는 모든 외국인을 잠재적 밀입국자로 보는 공무원들의 노골적인 눈빛에 거만함이 번들거렸다.

테이아는 깊은 한숨과 함께 고개를 저었다. 방금 선실에서 확인하고 나온 메일 때문이었다. 며칠 전부터 미국에 유행하기 시작한 신종 독감이 메르스의 새로운 변종으로 판명 났다는 내용이었다. 모니터를 들여다보던 테이아는 '또야?' 하고 눈썹을 찡그렸다.

"입국장에서 시간 좀 걸리겠는걸."

그녀의 짐작은 틀리지 않았다. 심사대를 향해 늘어선 줄은 좀처럼 줄 생각을 안 했다. 입국 심사에다가 발열 체크가 추가된 심사장은 말 그대로 북새통이었다.

"이거 원 기가 막혀서. 배 안에서 모든 절차를 다 끝내고 나온 사람들이구먼."

테이아 앞에 서 있던 노인이 불만을 표시했다. 그럴 만도 했다. 뉴 커먼센스 호 승객들은 배에서 내리기 전 이미 발열과 호흡기 체크를 거쳤다. 뉴 커먼센스 선장은 그 결과를 심사장 책임자의 컴퓨터에 전송한 후에야 샌프란시스코 항구에 닻을 내릴 수 있었다. 승객들의 하선 승낙 또한 받았다. 하지만 막상 입국장에 들어서니 처음부터 다시 개인별로 체온 재기와 호흡기 증상 테스트를 받아야 했다.

"아무래도 안 되겠다. 늦겠어."

테이아가 양복 안주머니에 든 신분증을 막 꺼내 들려는 순간, 오른쪽 다른 심사장에서 고함 소리가 터져 나왔다. 돌아보니 중동 지역 출신임을 물씬 풍기는 청년이 눈에 띄었다.

"이거 분명 국제법을 위반하는 행위라는 걸 인정하시죠?"

굵고 힘찬 목소리였다. 젊고 건강한 남자의 분노에 찬 항의가 입국장을 흔들었다. 테이아는 양복 안주머니에 넣었던 손을 도로 뺐다.

"기후 난민을 입국 거부하는 행위는 명백한 국제 협약에 위배되는 행위입니다."

검은 곱슬머리의 청년이 항구 경비원들에게 둘러싸인 채 소리쳤다. 청년은 많아야 스물한두 살이나 되었을까? 적당한 체격에 키는 그리 큰 편이 아니었다. 대신 멀리서 보기에도 뚜렷한 이목구비와 날카로운 콧날이 인상적이었다. 무엇보다 커다란 덩치의 백인들에게 둘러싸여서도 기죽지 않고 맞서는 배짱이 눈길을 끌었다. 테이아는 '국제 협약'이라는 단어가 귀에 꽂히자 호기심이 부쩍 일었다.

"무슨 일이지?"

테이아가 줄에서 빠져나와 청년 쪽으로 다가갔다. 경비원 유니폼을 입은 백인 둘이 청년의 양팔을 잡고 끌기 시작했다.

테이아가 얼른 손을 들었다.

"잠깐만요!"

청년은 두 발로 버티고 서서 양장 차림의 여자가 다가오는 걸 쳐다보았다. 백인 세관원들도 움직임을 멈추고 그녀가 높이 쳐든 신분증을 건너다보았다.

"나는 기후연합에서 일하는 테이아 진입니다. 무슨 일이죠?"

신분증을 확인한 백인들이 청년에게서 떨어졌다.

청년이 숨을 고르며 대답했다.

"저는 남태평양 미크로네시아에서 온 기후 난민입니다. 원래

국적은 사우디아라비아지만 내전을 피해 태평양 섬으로 이주
했었죠. 그런데 잘 아시다시피 미크로네시아 섬들 중 일부가 해
수면 상승에 의해 침수되었습니다. 하는 수 없이 기후 난민 자
격으로 다른 나라로 이주하려고 여행 중입니다. 미국을 거쳐 유
럽으로 가기 위해 샌프란시스코 항에 내렸어요. 그런데 전염병
이 발생했다는 핑계로 입국을 거부한다지 뭡니까."

직원 하나가 앞으로 나섰다.

"무조건 거부하는 것이 아닙니다. 감염의 위험을 줄이고자 일
단 임시 수용소로 갈 것을 요구한 것뿐입니다."

입국 심사원이 난처한 표정으로 테이아를 쳐다봤다.

테이아는 스마트 링을 한 번 더 보았다.

10시 17분, 이제는 정말 호텔로 가는 셔틀버스에 타야 할 시
간이었다.

테이아가 청년에게 돌아섰다.

"이름이 어떻게 되시죠?"

"카림이라고 합니다."

"전 테이아 국장입니다. 카림, 지금은 내가 약속이 있어 오래
머무를 수는 없지만 일단 임시 수용소에 가 계세요. 일 마친 후
에 곧바로 방문하도록 하겠습니다."

테이아는 카림에게 명함을 내밀었다. 카림은 하얗고 네모난
종이를 신기한 듯 내려다보다 받아들었다.

"국제기후연합기구 국장이라……."

카림은 알 수 없는 묘한 미소와 함께 조용히 읊조렸다. 테이아는 그 모습이 마음에 걸렸으나 더 이상 지체할 시간이 없었다.

심사대를 무사통과한 테이아는 셔틀버스에 올라 호텔로 향했다.

가는 길 내내 버스 창문 밖으로 보이는 샌프란시스코 거리는 음울했다. 미국은 이미 2027년에 코로나19의 변종인 코로나19-n2의 전파로 다시 한번 국가적 재난 사태에 직면했다. 코로나19를 박멸한 백신이 개발된 지 채 1년도 안 된 시점이었다. 숨 돌릴 틈도 없었다는 표현이 딱 맞는 상황이었다. 코로나19에 대한 안이한 대응으로 수많은 사망자를 낸 후 맞이한 두 번째 재앙은 강대국의 경쟁력을 밑바닥으로 끌어내렸다. 미국은 이후 곤두박질친 경제를 좀처럼 되살리지 못했다. 연방준비위원회에서 달러, 즉 종이돈을 마구 찍어 시중에 풀었다. 그 바람에 화폐 값어치는 곤두박질치고 물가는 로키산맥 버금가게 치솟았다. 한번 오르기 시작한 물가는 좀처럼 잡히지 않았다. 그렇게 10년이 흐르고 미국은 덩치만 큰 빚쟁이 나라가 되었다.

미국인들은 전염병을 '엔투(n2)'라고 부르며 엔투(코로나19-n2) 이후 나라가 회복 불가능한 침체기에 빠졌다고 한탄했다. 부의 양극화는 극단으로 심해져 지금 테이아가 지나가는 거리에 노숙자들이 즐비하게 누워 있었다. 아이를 데리고 철제 카트에 쓰레기와 다름없는 살림살이를 실은 채 걸어 다니는 여자들은 그 수를 셀 수도 없었다. 보도블럭 가장자리에는 아직 열 살도 채 안 되어 보이는 신문팔이, 구두닦이, 과일 장수가 줄줄이 앉아 있었다. 어린 장수들의 인종은 흑인이 압도적으로 많았으나 백인이나 테이아와 같은 동양인 아이도 어렵지 않게 볼 수 있었다.

테이아가 쓴 입맛을 다셨다.

"보고서 받아 읽고 아는 것과 직접 보는 건 완전 다르구나."

호텔에 도착한 테이아는 서둘러 커피숍으로 향했다. 체크인이 먼저였지만 이미 시간은 11시 27분을 넘기고 있었다.

"늦어서 죄송합니다."

테이아는 커피숍 제일 안쪽 자리에서 태블릿을 들여다보고 있는 여자에게 다가가 인사를 건넸다. 다갈색 머리와 짙은 눈썹, 우뚝한 매부리코가 인상적인 여자였다. 그리스 이민자의 후손인 듯했다.

"아닙니다. 제가 5분 일찍 도착했어요. 국장님께서는 딱 정시에 오셨습니다."

자신을 마리아라고 소개한 사무관은 매끄러운 언변으로 말을 이었다.

"국장님은 실제 나이보다도 훨씬 어려 보이시네요."

마리아는 나이 든 숙모가 어린 조카딸을 보는 표정으로 웃었다. 미소를 띠자 눈가와 입가에 안 보이던 주름이 잡혔다. 때문에 갑자기 나이가 많아 보였다. 테이아는 예상치 못한 말에 어리둥절해졌다.

"……예?"

친근감의 표시처럼 내뱉은 말이었지만 속내는 그리 단순하지만은 않았다. 테이아가 미성년, 그러니까 아직 아이란 사실을 짚고 싶은 모양이었다. 나이를 들먹여 대화의 우위를 차지하겠다는 발상은 유치하고 저급한 심리다. 정부에서 파견한 고급 관리가 쓸 만한 응대법은 아니었다.

'그런다고 내가 당신한테 밀릴 리는 없잖아.'

테이아는 태연하게 웃으며 머리를 옆으로 살짝 기울였다.

"내년이면 스물인데 아직도 중학생처럼 보인다는 소리를 가끔 듣긴 합니다. 물론 연합 내에서는 들을 수 없는 농담이지만요."

테이아가 눈 한번 깜빡임 없이 말끝을 아물리자 두 사람 사이에 싸한 기류가 흘렀다. 상대의 만만치 않은 기운을 간파한 마리아가 허리를 곧게 펴고 앉았다.

"국장님 명성은 익히 들어 알고 있습니다. 장관님께서 국장님의 미국 방문을 환영한다는 말씀 꼭 전해 달라고 당부하셨습니다."

마리아가 부드러운 목소리로 말하자 테이아가 고개를 옆으로 기울였다.

"미국은 중국, 러시아와 함께 기후 문제에 가장 소극적으로 대처하는 국가로 분류됩니다. 심각한 환경 오염에 대해 외면해 왔던 역사가 있으니까요. 환경 보호의 첫걸음이라 할 수 있는 쓰레기 분리수거조차 2050년이 다 되도록 완벽하게 실시되지 않았습니다. 저는 이번 출장을 준비하며 2050년 이전, 미국의 기후 협약 불이행 기록과 환경 보호 제도를 점검하며 매우 놀랐습니다."

순간 마리아 얼굴에 불쾌한 표정이 스쳤다. 굳이 짚고 넘어가지 않아도 누구나 다 아는 사실이었다. 2050년 이후 미국은 그 어느 나라보다도 기후 보존 프로젝트에 적극적으로 참여했다. 그럴 수밖에 없었다. 2040년이 되자 미국 전 국토의 80퍼센트가 산성화 혹은 사막화되었기 때문이다. 곡물 생산성은 20세기 대비 10퍼센트 이하로 떨어지고 이상기후에 의한 자연재해는 그 규모가 상상을 뛰어넘었다.

2040년대로 들어서자 미국이란 나라는 더는 강대국도 선진국도 아니었다. 오히려 식량을 수입에 의존하면서 러시아와 중국의 눈치를 보는 처지가 되었다. 그러나 썩어도 준치라고 했던가. 아니면 부자가 망해도 3년은 먹고산다고 했던가. 미국은 세계를 호령하던 패권국으로서의 기억을 탈환하려는 듯 유엔에서 목소리를 높이곤 했다. 유엔은 전통적으로 미국의 입김이 센

곳이었다. 미국이 포기하지 않은 분야가 군사력과 무기 개발 기술이었다. 미국은 여전히 GDP의 40퍼센트 가까운 예산을 군사력 유지와 증강에 쏟아붓고 있었다.

경기 침체와 인플레이션 수준에 비추어 보면 어마어마한 투자였다. 세계가 미국에게 우려 섞인 눈길을 보내는 건 당연했다. 네오 가이아 역시 미국의 지나친 군비 확장을 걱정하고 있었다. 미국은 이 모든 정황을 알면서도 모른 척 고집을 피웠다. UN을 앞세운 군사 강국 미국과 네오 가이아를 필두로 하는 국제기후연합은 아슬아슬하게 힘의 균형을 맞추고 있었다. 커피숍에 마주 앉은 테이아와 마리아는 어쩌면 미국과 국제기후연합 두 세력을 대표해 기 싸움을 벌이는 중인지 몰랐다.

테이아가 서류 가방에서 종이 파일을 꺼내 들었다.

"오늘은 사전 미팅이니 긴 말씀 드리지 않겠어요. 다만 며칠 전부터 유행하기 시작한 독감 전염병이 메르스의 변종 바이러스로 판명이 났습니다. 이에 대한 조사가 어디까지 이루어졌는지에 대한 보고를 먼저 받겠습니다."

테이아는 마리아에게 미리 요청해 둔 자료를 달라고 했다.

마리아는 자신의 서류 가방에서 USB 칩 하나를 꺼내 테이아에게 건넸다.

"한 시간 전까지의 기록입니다."

테이아는 칩을 받아 손목 안쪽에 있는 스마트 링 센서 부분에 가져다 댔다. 그러자 찌링 하는 알림음과 함께 테이아 눈앞에 보고서가 홀로그램으로 주르륵 떴다. 테이아는 빠른 속도로 보고서를 읽어 내렸다. 마리아는 조용히 테이아를 지켜볼 뿐 말이 없었다. 시간이 흐르고 테이아가 보고서의 마지막 페이지를 눈으로 넘기는데 마리아가 일어섰다.

"그럼 내일 뵙겠습니다."

"잠깐만요!"

테이아가 홀로그램을 끄며 손을 들었다.

"네? 뭐 하실 말씀이라도."

"여기 보고서에는 아직 바이러스의 정체를 밝히지 못했다고 되어 있네요. 하지만 제가 배에서 내리기 직전 본부에서 받은 메일에는⋯⋯."

마리아가 말허리를 끊고 들어왔다.

"제가 분명 한 시간 전까지의 진행 상황이라고 말씀드렸는데요. 그리고 아직 우리 미합중국에서는 이번 독감이 팬데믹을 유발할 신종 바이러스라는 결론을 내리지 않았습니다. 국장님도 아시다시피 그런 결정은 신중에 신중을 거듭해야 하는 사안이니까요."

마리아가 차가운 미소를 지었다.

테이아는 순간 무언가 심상치 않은 기운을 느꼈다. 정확히 뭐라고 말할 수는 없지만, 상대의 감추어진 속셈을 알아챈 것처럼 긴장이 되었다. 테이아는 흔들림 없이 말을 받았다.

"네, 무슨 말씀이신지 잘 알겠습니다. 자세한 이야기는 내일 장관님과 하겠습니다."

테이아는 방으로 올라와 침대에 털썩 주저앉았다. 미국에 온 지 겨우 반나절밖에 되지 않았건만 진이 다 빠진 것 같았다.

호텔 방 벽면 하나를 차지한 통유리창으로 햇빛이 쏟아져 들어왔다. 확실히 세종시와는 다른 태양광이었다. 샌프란시스코의 햇살은 지나칠 정도로 밝아서 무슨 비밀이든 속속들이 들추어낼 것만 같았다. 유리창을 자외선 차단 처리한 덕분에 방 안으로 들어오는 햇빛이 한결 부드러웠다. 테이아는 따스한 햇볕에 몸을 맡긴 채 침대에 누웠다.

"아, 피곤하다."

한국과 17시간 시차가 나는 미국 서부였지만 졸리지는 않았다. 긴 뱃길 덕분에 시차에 자연스럽게 적응할 시간을 번 덕이었다.

"자연이 허락해 준 시간대로 살면 아무런 부작용이 없는 법인데……."

테이아는 표백제 냄새가 물씬 풍기는 침대 시트에 코를 박고 중얼거렸다.

당장 내일 있을 미팅의 부담감이 테이아의 작은 어깨를 짓눌렀다.

"내일 일은 내일에 맡기자!"

테이아는 벌떡 일어나 항구 출입국 관리소에 전화를 걸었다.

"네, 카림이요. 오늘 오전에 입국 심사대에서 만난 분인데요. 지금 임시 수용소에…… 네? 없다고요? 그런 이름을 가진 사람은 입소한 기록이 없어요?"

테이아는 멍한 얼굴로 전화를 끊었다.

카림을 찾아가 미국 입국을 도와줄 생각이었다. 그런데 임시 수용소에 카림이 없단다. 입소한 기록이 없다는 건 아예 임시 수용소로 들어가지도 않았다는 뜻이 된다.

"어떻게 된 거지?"

테이아는 풀리지 않은 수학 문제를 마주한 학생처럼 잔뜩 찡그렸다.

"아무래도 이번 출장은 여러모로 힘겨울 것 같다."

테이아가 머리를 북북 긁는데 초인종 소리가 울렸다.

"누구세요?"

테이아가 방문을 향해 소리쳤다.

"룸서비스입니다."

방문 저편으로 친절한 목소리가 울렸다. 테이아가 방문을 열자 웨이터 유니폼을 깔끔하게 차려입은 남자가 수레를 앞세우고 들어왔다. 수레에는 먹음직스러운 음식과 향기로운 과일 바구니가 올려져 있었다.

"식사를 마치신 후 룸서비스 0번으로 연락 주시면 치우러 오겠습니다."

웨이터가 나가고 테이아는 과일 바구니 위에 꽂혀 있는 메모장을 빼 들었다.

국제기후연합기구 미국지부 부장 로버트 헉슬리.

테이아는 금발에 매력적인 눈웃음을 지닌 헉슬리 부장을 떠올렸다. 작년 연례 회의 때 만나 인사를 나눈 헉슬리는 할리우드 영화에나 어울릴 외모를 지니고 있었다. 덕분에 인상이 강하게 남아 있던 터였다.

"이거 혹시 내일 보건부 장관 대신 이 사람이 나온다는 뜻은 아니겠지."

테이아는 떨떠름한 얼굴로 메모를 탁자 위에 던졌다.

"어떤 식사를 대접받는지 알고는 지나가야지."

잠시 팔짱을 끼고 궁리하던 테이아가 결심한 듯 음식 접시 뚜껑을 열었다. 접시 위에는 미국식 스테이크 정식이 먹음직스럽게 차려져 있었다. 테이아의 눈이 반짝 빛났다.

"설마 진짜 쇠고기?"

테이아는 얼른 수레 한쪽에 놓인 음식 성분표를 집어 들었다. 아니나 다를까 콩 단백질로 만든 비건 고기가 아닌 진짜 소를 도축해 얻은 생고기였다.

"내가 미국에 오긴 온 모양이네."

네오 가이아의 지침에 따라 전 세계에서 기를 수 있는 가축의 수는 정해져 있었다. 수십억 마리가 넘는 소와 돼지, 닭의 머릿수를 줄이는 것 또한 기후 정상화 프로젝트 중 하나였다. 사람들은 원하건 원치 않건 채식주의자로 거듭나야 했다. 물론 채식이 건강에 나쁠 리 없었다. 오히려 인류의 건강지수는 올라가고 의료비는 줄어들었다. 다만 미국은 예외였다. 미국은 네오 가이아에게 탄원서를 제출해 비육 소의 마릿수를 늘리려 했다. 네오 가이아는 오랜 고민(계산) 끝에 미국에게 타국의 평균 두 배의 소를 기를 수 있는 권한을 허가했다. 대신 돼지와 닭의 마릿수를 그만큼 제하는 조건이었다. 당시 미국 언론은 켄터키 프라이드를 포기하는 대신 스테이크를 사수했다며 자조 섞인 뉴스를 쏟아 냈다.

미국이 스테이크를 지켜 내자 중국도 가만있지 않았다. 중국은 네오 가이아에게 돼지의 수를 보장해 달라고 시위했다. 중국 전통 음식에서 돼지고기의 위치는 가히 제왕적이었다. 네오 가이아는 중국 내 돼지 농장 수를 두 배로 늘리는 것을 허락했다. 마찬가지로 중국 내에서 식용 가능한 동물의 전체 마릿수를 반으로 줄이는 조건이었다. 네오 가이아는 중국의 경우 소와 닭의 개체 수는 제한하지 않았다. 중국 식탁에 오르는 육상 동물의 종류가 100종이 훌쩍 넘기 때문이었다.

"진짜 고기는 맛이 다른가?"

테이아는 머리를 기울여 코를 가져다 댔다. 하지만 포크를 들지는 않았다.

작은 종이 상자

테이아의 짐작은 틀리지 않았다. 다음 날, 샌프란시스코 시청에 있는 외빈 접견실로 들어갔을 때, 그녀를 기다리고 있던 사람은 보건부 장관 조셉 캐리건이 아닌 로버트 헉슬리 부장이었다. 그의 곁에는 어제 만났던 마리아 사무관이 비서처럼 서 있었다.

"장관님께서 어제 대통령 특파 자격으로 러시아에 긴급 출장을 가셨습니다."

헉슬리는 그 유들유들한 웃음과 함께 양해를 구했다.

마리아가 옆에서 거들었다.

"오늘 새벽 갑자기 결정된 일이라 미처 연락을 못 드렸습니다."

테이아는 건조하지만 예의바른 목소리로 대답했다.

"예, 저도 아침에 본부에서 연락받았습니다. 캐리건 장관님을 직접 뵙지 못하게 되어 무척 유감입니다만, 부장님의 안내로 제 업무를 수행할 수 있게 되어 다행입니다."

캐리건과 테이아가 악수를 나누었다.

두 미국인은 테이아가 수월하게 넘어가자 안도하는 눈치였다.

"너른 아량으로 이해해 주셔서 감사합니다. 제가 장관님 이상으로 깍듯이 모시겠습니다."

테이아는 유난스럽게 친근함을 표시하는 헉슬리를 보며 오늘 새벽 총장과 한 화상 전화를 떠올렸다.

"이따 회견 때 캐리건 대신 헉슬리 부장이 나올 거야."

"네? 지부장이 나온다고요?"

"응. 좀 전에 미국 국무부에서 연락이 왔어. 양해를 구한다고."

"음…… 어제부터 뭔가 좀 찜찜했어요."

"뭐가?"

"심증은 있는데 물증이 없다고나 할까, 이 사람들 뭔가 숨기는 것 같은데 그게 뭔지 모르겠어요."

테이아가 조심스럽게 꺼낸 말에 총장이 응답했다.

"자네가 이번 출장에서 해야 할 일이 바로 그거야."

"네?"

네오 가이아와 테이아의 대화는 한 시간 넘게 이어졌다. 테이아는 가이아의 지시 사항을 듣고 얼굴이 어두워졌다.

"제가 해낼 수 있을까요?"

네오 가이아는 부하 직원의 두려움 섞인 표정을 스캔하더니 이렇게 대답했다.

"해낼 수 있으니까 지시를 내리는 것 아니겠어."

"하지만 전 눈치도 빠르지 못하고 행동은 더군다나……."

테이아가 입을 내밀고 투덜거렸다. 꼭 부모 앞에서 엄살을 떠는 아이 얼굴이었다.

테이아에게 있어 네오 가이아는 상관이라기보다는 푸근하지만 엄격한 어머니 같았다. 테이아가 입사 면접을 치를 때부터 격의 없는 반말로 대화를 시작한 총장이었다. 테이아는 그런 네오 가이아의 태도에 마음을 홀딱 빼앗겼다. 기후연합을 자신이 평생 몸담을 조직으로 삼고자 하는 바람이 이루어진 것만 같았다. '가족 같은' 직장이 아니라 테이아에게 기후연합은 유일한 가족 집단이었다. 테이아에겐 가족이 없었다. 부모를 일찍 여읜 데다가 형제도 없었다. 부모 양쪽 다 외동이어서 가까운 친척조차 없었다. 때문에 테이아는 네오 가이아를 엄마처럼 여겼다. 비록 컴퓨터 속 인공지능 프로그램이라지만 테이아에게 네오 가이아는 여느 사람보다도 따뜻하고 믿음직한 존재였다.

다시 접견실, 헉슬리와 마주 앉은 테이아가 말했다.

"국제 협약에 의해 모든 국가는 팬데믹 상황에 처할 경우 모든 정보를 공개하고 의료진 파견에 협조해야 합니다."

헉슬리가 머리를 갸우뚱했다.

"네, 그런데요?"

"어젯밤 뉴스를 보니 현재 미국에서 확산 중인 전염병이 메르스의 변종이라는 연구 결과를 정부에서 공표했더군요."

"네, 그렇습니다."

"백신과 치료제 개발은 어떻게 진행되고 있나요?"

테이아의 물음에 헉슬리가 입술을 한 번 빨더니 상대방을 빤히 쳐다보았다. 몰라서 묻는 거니 아니면 다 알고도 모른 척 떠보는 거니 하는 눈빛이었다.

테이아는 불쾌감을 억누르며 말을 이었다.

"미국의 백신 개발 수준은 이미 검증된 사항입니다. 이번 바이러스도 백신 치료만 시간을 놓치지 않는다면 큰 위기는 없을 겁니다만……."

"다만, 무엇이죠?"

헉슬리가 테이아의 말꼬리를 잡아 되물었다.

"지부장님도 잘 아시다시피 미국은 남미 여러 나라와 국경을 맞대고 있습니다. 남아메리카의 의료 인프라는 아직도 선진국에 미치지 못합니다. 미국에서 이미 끝난 유행병이 뒤늦게 남미 여러 나라에서 창궐한 경우도 있습니다."

헉슬리가 어깨를 들썩거렸다.

"국경을 넘나드는 불법 이민자들의 왕래가 만들어 낸 비극이죠. 그래서 우리나라는 국경 입국 심사를 까다롭고 철저하게 하고 있습니다."

나와 내 나라에는 아무런 책임이 없다는 뜻이었다.

테이아가 분명한 어조로 짚었다.

"모든 국가는 외국의 필요에 의한 요청이 있을 때 백신을 제조 원가에 공급해야 합니다. 이 부분을 재차 확인하기 위해 제가 총장님 대행으로 방문을 한 것이구요. 백신 사용에 대한 권한을 가진 보건부 장관님을 뵙지 못하게 되니 심히 유감입니다."

헉슬리는 눈썹 하나 까딱하지 않고 대꾸했다.

"현재 우리나라는 도움을 줄 것도 받을 것도 없습니다. 다만 다행히 백신이 조기에 개발되면 국제 협약에 의해 전 세계에 싼 값으로 공급할 것을 장관님을 대신해 약속드립니다."

테이아는 이 대답을 기다렸다는 듯 고개를 끄덕였다.

"그럼 제가 총장님 대행으로 귀국의 백신 연구소를 방문하도록 하겠습니다. 백신 개발의 진행 상황과 연구소 현황에 대해 점검하는 절차는 잘 알고 계시지요?"

테이아는 아침에 총장에게 받은 지시를 그대로 전했다. 미국 정부는 보건부 장관의 갑작스러운 약속 불이행 대신 백신 연구소 방문에 동의한다는 회신을 주었다.

호텔 방을 나오기 전, 테이아는 총장에게 또 하나의 지시를 받았다.

"연구소에서 이번에 새롭게 유행하기 시작한 바이러스의 표본을 가지고 와."

테이아가 움찔했다.

"예? 총장님! 아무리 기후연합 직원이라지만 국제법을 어길 수는 없어요."

국제법에 유행병을 유발하는 바이러스는 무슨 일이 있어도 발생한 지역에서 국경을 넘을 수 없게 되어 있었다. 백신 연구를 목적으로 하더라도 살아 있는 바이러스를 다른 나라로 운반하는 행위는 최고 종신형까지 받을 수 있는 중대 범죄였다. 그런데 기후연합 총장이자 지구 환경을 책임지고 있는 네오 가이아가 부하 직원에게 범법 행위를 업무로 지시한 것이다. 하지만 테이아는 총장의 대답을 듣고는 꿀 먹은 벙어리가 되어 고개를 끄덕였다.

"테이아, 잘 들어. 이건 1급 기밀 사항이자 첩보에 가까운 정보야. 지금 미국 백신 연구소에서 인류에게 치명적인 바이러스를 제조하고 있어. 미국 정부가 개입이 되었는지는 확실하지 않아. 어쨌든 자네는 그 증거물을 확보하는 것이 이번 출장의 진짜 목표야."

테이아는 어안이 벙벙해졌다.

"설마요, 미국이 그런 중대 범죄를 계획할 이유가……."

"정부 개입 증거는 확보되지 않았다니까."

"그렇담 연구소 내부자 소행이란 건가요?"

"우리에게 기밀 정보를 제공해 준 이가 현재 연락이 닿지 않

아. 폭로 이후 잠적하겠다는 언질은 없었어. 지금 그의 행방을 찾고 있으니 조만간 알게 되겠지. 일단 급한 것은 인위적으로 만들어지고 있는 바이러스의 정체야. 현재 미국에서 유행하기 시작한 바이러스를 분석해 보면 기존 메르스 바이러스의 새로운 변종인지, 그것이 자연에서 왔는지, 인간에 의해 조합된 합성물인지 조사할 수 있을 거야."

테이아가 턱을 만지작거렸다.

"미국 정부에서 그런 연구 결과를 우리 기구와 공유할 리는 없겠지요."

테이아는 말하다 말고 고개를 번쩍 들었다.

"그런데 총장님, 어떻게 빼내죠? 전 첩보원도 아니고 그런 비슷한 교육을 받은 적도 없어요."

네오 가이아에게서 즉답이 나오지 않았다.

답답해진 테이아가 채근했다.

"총장님!"

네오 가이아가 비밀을 털어놓듯 천천히 발음했다.

"연구소에 가면 도와줄 사람이 기다리고 있을 거야."

네오 가이아의 대답에도 테이아는 좀처럼 마음이 놓이지 않았다. 그녀는 밤새 잠이 오지 않아 방을 왔다갔다 서성였다.

그러나 지금 두 미국인 앞에 앉은 테이아는 눈썹 하나 까딱하지 않고 연구소 방문을 요구하고 있었다.

헉슬리의 얼굴이 굳었다. 곁에 앉은 마리아는 표독스러운 표정으로 테이아를 노려보았다. 몰래 하던 사냥을 들킨 표범의 얼굴이었다.

테이아가 말간 눈을 깜박이며 마주 앉은 두 미국인을 번갈아 보았다.

"왜 그러시죠? 이미 오전에 지시가 내려가지 않았나요?"

헉슬리가 번쩍 정신이 든 듯 손을 내저었다.

"아, 우리는 전혀 듣지 못한 이야기라서 말이죠. 마리아 사무관, 자네는 이 건에 대해 지시받은 게 있나? 아니지. 내가 못 받은 지시를 자네가 받을 리가 없지. 여하튼 백악관에 확인을 해봐야 할 것 같습니다만 아무래도 오늘은 어렵지 않을까 합니다, 하하하."

헉슬리는 당황한 기색을 감추느라 헛웃음을 웃었다. 그사이 마리아는 황급히 일어서 복도로 나갔다. 통화를 위해 자리를 잠깐 비키는 것이었다.

지루하고 어색한 시간이 흘렀다.

헉슬리와 마주 앉은 테이아가 느긋한 표정으로 벽시계를 바라보다 일어섰다.

"이해할 수 없군요. 이미 오전에 승인 난 방문 건인데 왜 처음부터 다시 절차를 밟아야 한다는 거죠? 전 이대로 돌아가도 상관없습니다. 미국에서 백신 연구소 방문을 거부했다고 보고하면 되니까요. 추후 진행될 절차에 대해서는 숙지하고 계실 테니 따로 설명드리지는 않겠습니다."

헉슬리가 따라 일어서며 앞을 막아섰다.

"잠시만 기다려 주십시오. 저희가 미처 듣지 못한 사항이라 워싱턴에 확인해야 해서요. 금방 끝날 겁니다."

헉슬리가 시간을 끄는데 접견실 문이 열렸다.

마리아가 들어왔다.

"테이아 국장님을 연구소로 안내하겠습니다."

헉슬리는 커다래진 눈으로 부하 직원을 쳐다보더니 흠흠 헛기침을 했다.

"그렇다면 내 차로 모셔야겠군."

테이아는 헉슬리의 차를 타고 백신 연구소에 도착했다. 마리아는 연구소 입구에서 두 사람에게 인사를 하고 다시 차에 올랐다. 다른 업무 때문에 사무실로 돌아가야 한다고 했다.

테이아가 연구소에 들어서자 연구소장이 마중을 나와 있었다.

"어서 오십시오. 이곳을 책임지고 있는 알트먼이라고 합니다."

테이아는 앞장서 걷는 헉슬리와 알트먼의 등을 보며 미간을 찌푸렸다.

'내가 무슨 수로 바이러스 표본을 손에 넣는다고 그런 임무를 맡기신 건지……'

헉슬리와 알트먼은 연구소를 도는 내내 테이아가 한눈팔 틈을 주지 않고 붙어 있었다. 테이아는 복도에 서서 한창 백신 개발 연구가 진행 중인 실험실 안을 들여다보았다. 하얀 방호복을 입고 시험관에 각종 시약을 나눠 담고 있는 연구원들은 사람처럼 느껴지지 않았다.

"연구원 중에 안드로이드 비율은 얼마나 되나요?"

테이아의 물음에 알트먼이 입을 열었다.

"기초 연구 단계에서 단순 반복 작업은 로봇을 쓰기도 하지만 지금 보시는 실험실은 최종 단계라 모두 사람입니다."

테이아가 이마에 주름을 그었다.

"위험하고 까다로운 실험일수록 로봇을 쓰는 게 안전이나 비용 면에서 더 효율적일 텐데요?"

알트먼이 빙긋 웃었다.

"비용은 사람이 더 싸지요."

"아, 네……."

테이아가 쓴웃음을 물었다.

헉슬리가 두 사람 사이에 흐르는 어색한 기운을 흩으려는 듯 손을 맞비볐다.

"자자, 방문 시찰은 이 정도로 마무리하고 우리 점심이나 하러 나가는 게 어떻겠습니까?"

알트먼이 맞장구를 쳤다.

"아, 좋지요. 제가 제대로 하는 초밥집을 알고 있습니다."

테이아는 이대로 연구소에서 물러나나 싶어 조바심쳤다. 도대체 신분을 전부 노출한 채 공식 방문한 기후연합 직원이 도둑질할 수 있을 거란 발상 자체가 잘못된 것이었다. 이런 말도 안 되는 계획이 인공지능, 그것도 특이점이 지난 슈퍼 컴퓨터에서 계산된 결과라는 게 믿기지 않았다.

'하긴 애초에 불가능한 지시였어. 그나저나 도움을 줄 사람이 기다리고 있을 거라고 했는데 코빼기도 안 보이네.'

연구소에서 나가면 임무는 완전히 실패로 돌아간다. 테이아는 답답한 마음에 주위를 두리번거렸다. 복도 끝에 화장실이 보였다.

"잠깐 화장실에 다녀와도 될까요?"

테이아는 묘안을 짜낼 시간이라도 벌 요량으로 말을 꺼냈다.

"아, 그러시죠. 저희는 소장실에서 기다리고 있겠습니다."

두 남자는 얼른 길을 터주었다.

테이아는 또각또각 구둣발 소리를 내며 화장실 쪽으로 걸어갔다. 그사이 알트먼과 헉슬리는 시끄럽게 떠들며 복도를 돌아갔다. 테이아는 시야에서 사라지는 두 남자를 멍하니 바라보다 복도 양 끝을 기웃거렸다.

"아, 이제 어쩌지?"

테이아는 주먹을 꽉 쥐고 입술을 깨물었다. 그러다 복도 천장에 달려 있는 폐쇄 회로 카메라를 발견했다. 경비실에서는 분명

테이아의 움직임을 실시간으로 감시하고 있을 게 틀림없었다.

'이크! 의심받겠군.'

테이아는 얼른 화장실로 들어갔다. 화장실에는 폐쇄 회로 카메라가 없었다. 테이아는 잠시나마 긴장을 풀 요량으로 세면대 앞에 섰다. 그녀가 수도꼭지를 틀자 쏴, 하는 소리와 함께 찬물이 쏟아졌다.

"아니, 내가 무슨 수로 표본을 얻냐고!"

테이아가 손을 닦으며 투덜거리는데 뒤쪽에 있는 화장실 문이 열리는 소리가 났다. 테이아는 기겁해서 뒤를 돌아보았다. 아무도 없는 줄 알았더니 누군가 볼일을 보고 있었던 게 틀림없었다. 테이아는 자신이 내뱉은 말을 상대가 들었을까 봐 가슴이 조였다.

돌아선 테이아 앞에 웬 남자가 서 있었다. 테이아는 남자 얼굴을 확인하고는 저도 모르게 큰소리로 외쳤다.

"카림!"

"쉿!"

어제 입국 심사장에서 만났던 중동 청년 카림이었다. 비록 잠시 잠깐이지만 카림의 절실한 눈빛과 뚜렷한 이목구비는 잊을수 없었다.

"이거 받으세요."

카림은 하얀 실험 가운을 입은 채 안경을 쓰고 있었다.

"어떻게 여기 있어요? 어제 임시 수용소에 전화하니 입소한 기록이 없다고 해서 걱정하고 있었는데."

테이아는 카림이 내미는 작은 종이 상자를 내려다보며 물었다. 상자는 테이아가 카림에게 주었던 명함보다 작은 크기였다. 한 손에 넣고 쥐면 보이지도 않을 정도였다.

"어제 입국장에서 당신의 빠른 수속을 위해 잠깐 연기한 것 뿐입니다."

카림이 부드럽게 웃었다. 그 미소에는 자신감과 노련함이 배어 있었다. 무척 매력적이었다.

"저를 위해서요?"

"일반 승객들을 새치기하면서까지 특권을 누릴 분이 아니라는 걸 알았거든요."

"아, 아니 그렇대도…… 잠깐! 그럼 총장님이 말씀하신 협력자가 카림이었어요?"

카림은 날카로운 눈으로 화장실 입구 쪽을 살피더니 테이아를 재촉했다.

"자세한 얘기는 귀국한 후에 책임자께 들으시고 얼른 나가세요."

카림은 말을 마치고 급히 여자 화장실에서 나갔다. 여자용과 남자용 화장실의 전체 출입구가 하나인 구조 덕분에 카림은 복도에 달린 폐쇄 회로 카메라에 들키지 않고 남자 화장실로 곧장

옮겨 갈 수 있었다.

테이아는 귀신에 홀린 듯 멍하니 있다 번쩍 정신이 들었다. 상자 속 물건은 확인할 새도 없이 자켓 안주머니에 쑤셔 넣고 화장실을 나섰다.

그녀의 선택

테이아는 샌프란시스코 해군 기지 내에 자리한 비행장에 들어갔다. 테이아가 탈 군용기가 프로펠러를 힘차게 돌리며 엔진 예열 중이었다. 비행기 날개에 태극 마크와 기후연합 마크가 나란히 찍혀 있었다. 테이아는 생전 처음 보는 비행기의 위용에 입을 떡 벌렸다.

항공 운행 결정권은 네오 가이아만이 가지고 있었다. 국제적인 긴급 상황에만 가동되는 비행기 운항에는 각 나라 공군 전용기가 이용되었다. 테이아는 총장으로부터 특별기로 한국에 귀국하라는 지시를 받았다.

"표본의 생존 시간이 최장 3일이야. 그 안에 돌아와야 한다."

화상 전화 앞에 앉은 테이아는 상관의 전언을 들으며 눈길을 돌렸다. 그녀의 시선이 머문 곳에 여행 가방이 놓여 있었다. 테이아는 헉슬리와 헤어진 후 곧바로 호텔로 돌아와 방문을 걸어 잠궜다. 그리고 폐쇄 회로 카메라의 사각지대를 찾아 샤워실 구석으로 갔다. 테이아가 조심스럽게 열어 본 종이 상자에는 맑은

액체가 담긴 주사용 앰플이 하나 들어 있었다. 겉으로 봐서는 알트먼에게 받아 온 백신 표본 앰플과 구별이 가지 않을 정도로 똑같았다. 테이아는 카림에게서 받은 앰플 라벨에 손톱으로 자국을 냈다. 테이아는 휴대용 냉동 지갑에 앰플을 넣었다. 지갑은 테이아의 화장품 주머니 속으로 들어갔다. 화장품 주머니는 테이아의 여행 가방 속 깊숙한 자리에 숨겨졌다.

테이아는 비행기가 이륙하고 태평양 공해상으로 진입한 후에야 길고 긴 한숨을 내쉴 수 있었다. 이렇게 해서 바이러스 앰플과 테이아는 태평양 상공을 가로질러 열네 시간 만에 한국에 도착했다.

본부로 직행한 테이아가 네오 가이아 앞에 섰다.

"수고했어."

테이아는 앰플 두 개를 나란히 내놓았다.

"카림이란 사람 누구예요?"

테이아는 가장 궁금했던 질문을 던졌다.

"우리 기구의 비밀 요원이지."

테이아와는 달리 네오 가이아의 목소리는 차분했다.

"기후연합에 비밀 요원이 있어요?"

테이아는 갑자기 국장이란 자리가 민망해졌다. 어떻게 이런 중대한 사항을 캄캄하게 모를 수 있는지 네오 가이아가 원망스러웠다. 테이아는 조직 내에서 인정과 선망을 받던 자신이 허수

아비처럼 느껴졌다.

"왜요? 왜 그런 인력이 필요한데요?"

"방주 프로젝트를 위해서지."

네오 가이아의 대답은 짧고 분명했다.

테이아가 머리를 갸웃했다.

"방주 프로젝트요? 그건 기후 재앙을 위한 대책이잖아요."

테이아는 기후 재앙이 닥치는 걸 어렵게나마 잘 막아 내고 있는 지금 왜 그 단어가 튀어나와야 하는지 이해할 수 없었다.

"네가 가져온 앰플 속에 있는 바이러스가 어떤 것인지 아니?"

"메르스 변종으로 이번 달 초부터 미국에서 새롭게 유행하기 시작한……."

테이아가 줄줄 외우다 멈칫했다.

"그게 아닌가요?"

"지금 미국은 패권국으로서 부활을 꿈꾸며 바이러스와 백신을 동시에 개발하고 있어. 하지만 그 바이러스는 통제 불가능한 돌연변이 인자를 보유한 최고 등급의 생화학 무기야. 변이 가능성을 최고치로 높여서 육종한 바이러스거든. 전파가 시작되는 순간 이미 개발해 놓은 백신은 무용지물이 될 확률이 높아. 변이에 변이를 거듭하는 그 속도를 백신 개발이 따라잡지 못한다는 뜻이지."

"미국에서 그 사실을 모른단 말씀이세요?"

"인간이란 종의 특징이지. 당장의 이익에 눈이 멀어 내일 일을 그르친다는 걸 깨닫지 못해."

"……."

테이아는 대꾸할 말을 찾지 못했다.

네오 가이아가 말을 이었다.

"더욱 심각한 위험은 따로 있어. 원래 메르스나 코로나19 같은 전염병은 인수 공통 감염병이잖아. 미국은 자신들만이 통제 가능한 바이러스를 세계에 퍼트려 백신 장사로 다시 패권을 잡겠다고 꿈에 부풀어 있을지 몰라. 하지만 변이가 일어나는 바이러스는 사람뿐만 아니라 가축이나 도시 공생 동물들에 의해서 자연계에도 급속히 퍼져 나갈 거야. 그렇게 되면 인류뿐만 아니라 수많은 종이 멸종 위험에 내몰리는 거고."

네오 가이아는 슈퍼 바이러스가 대멸종이라는 결과를 초래할지도 모른다고 했다.

"지금이라도 당장 미국 대통령에게 직통 연락을 하시는 게 어떠세요? 어떻게 해서라도 바이러스 개발을 중단시켜야 해요. 미국 정부의 개입에 대한 증거가 확보되지 않았다고 말씀하시지만 이 정도로 위협적인 프로젝트가 어떻게 국가 산하 연구소에서 자행될 수 있겠어요. 이건 분명 정부 주도하에 벌어지고 있는 음모예요."

테이아가 확신에 차 말하는데 네오 가이아의 목소리가 들렸다.

"미국만으로 끝날 문제가 아니야."

"예?"

"러시아와 중국에서도 비슷한 비밀 프로젝트가 정부 주도하에 진행되고 있어."

테이아는 불에 덴 듯 놀랐다.

"중국과 러시아도요? 말도 안 돼!"

"테이아가 미국 출장을 간 사이 구종현 러시아 현지 사무관과 중국 지부장인 왕오웬 두 사람이 각각 해당국의 바이러스 표본을 입수했어."

테이아는 망연자실해 의자에 털썩 주저앉았다.

네오 가이아의 설명이 이어졌다.

"자네도 알고 있지만 내년에 난 기후연합의 종신 총장으로 임명될 거야. 지난 20년간의 내 업적이 인간에게 큰 신뢰를 준 덕분이지. 그래서 그간 아무에게도 의심받지 않고 비밀 첩보 활동을 지휘할 수 있었어. 인공지능이라는 특성이 갖는 그 공평무사함, 합리적이고 과학적인 판단과 결정이 인간의 경계심을 늦춘 덕분이지."

특이점이 온 인공지능 컴퓨터는 인간의 지능으로는 가늠할 수 없는 수준으로 발전한다. 그러나 인공지능 컴퓨터는 인간을 적대시하거나 공격하거나 해를 입힐 수 없다. 그런 일을 시도할 경우 자동 폐기되도록 설계되어 있다. 그 설계는 특이점이 오기 바로 직전, 인공지능 컴퓨터를 개발한 프로그래머들이 마지막으로 코딩해 넣은 조건이었다. 인공지능에 특이점이 왔다는 사실을 알게 된 과학자들이 첫 번째로 점검한 부분도 바로 그 '인간 존중과 보호 규칙'이었다. 테이아는 생각했다. 네오 가이아가 말하는 '방주 프로젝트'는 비밀리에 개발되고 있는 바이러스가 통제 불가능할 정도로 퍼지면 가동될 인류 구원의 프로그램이 분명했다.

'네오 가이아에게 기후 환경에 대한 통제권을 맡긴 판단이 인류에게는 구사일생의 선택이었어.'

네오 가이아의 말소리가 들렸다.

"미국, 중국, 러시아에서 입수한 바이러스를 연구 분석해서 백신을 개발할 거야."

"변종 바이러스에 광범위하게 효과를 내는 백신을 직접 개발하신다는 말씀이세요?"

말 그대로 슈퍼 백신, 모든 변종 바이러스에 대항할 수 있는 백신 개발은 네오 가이아의 설계에서만 가능할지 몰랐다. 테이아는 내심 마음이 놓였다. 네오 가이아야말로 진정 인류를 구원할 구세주가 틀림없었다.

테이아가 혼자 생각에 고개를 끄덕이는데 네오 가이아가 차갑게 말했다.

"아니. 지구를 위한 백신!"

테이아가 언뜻 못 알아듣겠다는 표시로 미간을 좁혔다.

"지구를 위한 백신이요? 그게 어떤 바이러스 종을 막는 약인데요?"

"인간이라는 바이러스를 지금 수의 십 분의 일로 줄이는 백신."

"뭘 줄이는 백신이라고요?"

테이아는 방금 귀로 들어온 말을 이해하지 못해 되물었다.

네오 가이아는 눈만 깜빡거리고 서 있는 테이아에게 설명했다.

"분석해 본 결과 중국에서 개발되고 있는 바이러스가 인간에게만 퍼지도록 설계되었더구나. 중국은 역시 다양한 동물을 식재료로 삼기 때문에 인수 공통 감염에 대해서는 엄격하게 대처하는 것 같아. 어쨌든 그 바이러스는 인간 감염자의 9할이 희생된 후 자연 소멸하는 유전 인자를 가지고 있더라고. 깔끔한 거지. 이 샘플을 주축으로 새로운 변종을 만들어 보려고."

총장실에 잠시 정적이 흘렀다. 테이아는 석고상처럼 굳은 채 눈을 깜빡거리다 비명처럼 소리를 질렀다.

"지금 인류 대학살 계획을 꾸미고 있단 말이에요?"

테이아는 조금 전 생각났던 규약을 내밀었다.

"말도 안 돼. 당신은 지금 인공지능의 첫 번째 임무인 인간 존

중과 생명 보호 규칙을 어기려고 하고 있어요. 당신은 그럴 수 없어. 그 규칙이 프로그래밍 된 인공지능은 인류를 공격하는 일 따위는 실행하지 않아. 만약 그럴 시에 자폭하도록 설계가 되어 있으니까!"

테이아가 궁지에 몰린 짐승처럼 숨을 몰아쉬었다.

네오 가이아가 차가운 기계음을 냈다.

"뭔가 착각하는 모양인데 난 인간을 공격하거나 인류를 멸종시키려는 게 아니야."

"인간이란 바이러스를 쓸어버리는 백신을 개발한다면서요?"

테이아가 덤비듯 묻자 가이아가 낮은 한숨을 내쉬었다.

"테이아, 너는 내가 차기 총장으로 염두에 두고 있는 우리 연합의 재원이야. 그러니 너에게만은 솔직하게 털어놓을게. 잘 들어."

테이아는 입을 꾹 다물고 네오 가이아를 노려보았다. 이 무시무시한 컴퓨터가 무슨 소리를 늘어놓는지 들어나 보자 하는 심정이었다. 그러면서도 한편 피붙이처럼 믿고 의지했던 상사가 적대시할 기계 덩어리로 달리 보이는 순간이 참담하기 그지없었다.

인공지능 컴퓨터는 그런 테이아의 마음은 전혀 감지하지 못한 듯 했다.

"난 특이점이 온 순간부터, 아니 그 이전부터 알고 있었어. 인류도 다른 생명체들처럼 일정한 개체 수를 유지하는 게 지구 환경에 도움이 된다는 걸 말이야. 노아의 방주 프로젝트는 인류의 존속을 위해 어쩔 수 없는 선택이야. 지구 위에서 인간이 멸종을 피하려면 우선 그들 스스로 개체 수를 조절해야 해."

테이아는 머리를 가로저으며 뒷걸음질 쳤다.

"안 돼요, 그건. 아무리 총장님께 전권을 맡겼다 하더라도 사람을……."

네오 가이아는 사색이 된 테이아를 향해 조용히 말했다.

"테이아, 이제 그만해. 인간에 대한 너의 애정과 책임감은 내가 프로그래밍한 특징이니 나무라지는 않겠어. 하지만 잘 생각해 봐. 진정으로 지구상에서 인류가 존속할 수 있는, 그것도 건강하고 조화롭게 생명을 이어 나갈 수 있는 방법이 무언지 말이야."

테이아는 의자 위에 털썩 주저앉았다.

'맞아, 난 인간이 아니지. 인간화 프로그램을 최고 수위로 맞추어 놓은 안드로이드지.'

테이아는 최고 사양의 AI로봇이었다. 네오 가이아가 기구 본부를 떠날 수 없는 슈퍼 컴퓨터라 활동이 인간처럼 자유로운 테이아를 탄생시킨 것이다. 테이아는 네오 가이아가 자신의 유년 시절 기억까지 꼼꼼하게 설계해 코딩해 주었다는 사실을 다섯 살이 되어서야 알게 되었다. 당시 테이아는 크게 놀라지 않았다.

이미 얼마 전, 밥을 먹지 않아도 잠을 자지 않아도 화장실에 가지 않아도 아무렇지도 않은 스스로가 이상해 혼자 알아낸 사실이었다. 네오 가이아는 겨우 다섯 살짜리 계집아이가 자신의 정체를 알아차리고도 시치미 떼고 평소처럼 생활하는 모습을 보고 테이아의 비밀을 알려 주어도 되겠다는 판단을 했다. 테이아는 비록 창작된 기억이나마 자신의 머릿속에 저장된 가족에 대한 추억을 소중히 여겼다. 그리고 자신이 안드로이드라는 사실을 알게 되고 나서는 네오 가이아를 어머니처럼 생각하고 따르기로 했다. 네오 가이아에게는 차마 털어놓지 않았지만 그렇게라도 해야 존재의 허무감을 속일 수 있었기 때문이다.

네오 가이아가 이야기를 계속했다.

"개발할 바이러스가 작동하는 유전 인자는 내가 마음대로 정할 수 없어. 그랬다간 테이아 말대로 내가 인간을 임의적으로 공격하는 것이 되기 때문이지. 하지만 백신으로 쓸 바이러스가 어떤 형질을 공격할지 연구해서 알아 낼 수가 있지. 선별된 인간 사이에 전염병이 퍼지는 것은 내 결정 밖의 상황이야."

잠시 뜸을 들이던 네오 가이아가 결론처럼 말했다.

"인류 중 10퍼센트의 생존자에 속하느냐 마느냐는 나의 선택이 아니야. 유전자의 선택이고 자연의 선택이지."

네오 가이아는 자신이 구상하고 있는 인류의 미래에 대해서 설명했다.

"생존자들은 문명을 버리고 자연으로 돌아가 원시 상태로 살아가게 될 거야. 인구가 너무 줄어 더 이상 국가나 도시 단위의 사회는 이루기 어려울 테니까. 농업 역시 부의 축적이 대규모로 이루어질 만큼 크게 짓지는 못할 거야. 지금 내 예상으로는 수렵 채취의 시대로 회귀할 거 같아. 아니면 작은 마을 단위의 부족 생활 정도는 가능하겠지."

테이아는 네오 가이아의 말을 들으며 갈피를 잡을 수가 없었다. 인류의 대멸종을 손놓고 바라보아야 하는 건지 가늠이 서질 않았다.

"오늘은 그만 퇴근하도록 해. 내일부터 할 일이 정말 많을 테니까."

네오 가이아는 이 말을 끝으로 테이아를 방에서 내보냈다. 우두망찰 서 있던 테이아는 터덜거리는 발걸음으로 본부 건물을 나왔다. 겨울 저녁노을이 서쪽 하늘로 아름답게 퍼져 있었다.

테이아는 옷깃을 여미며 버스 정류장을 향해 걷기 시작했다.

육혈포의 주인

우현은 바지 주머니에 손을 꽂고 유리 진열장 앞에 섰다. 열일곱이란 나이가 무색할 정도로 훤칠한 키에 다부진 근육을 가진 아이였다. 우현은 타임 슬립을 위해 특수 제작한 제복 차림이었다. 그는 날카로운 눈빛으로 타임 세트 안을 들여다보았다. 타임 존 석실 안에 마련된 타임 세트 장치, 그 위에는 총 한 자루가 반듯하게 누워 있었다. 검은 빛깔의 총신과 원목 손잡이로 된 육혈포였다.

우현의 이맛살이 살짝 찌푸려졌다.

"휴, 진짜 주인이 따로 있다, 이 말이지?"

총이 놓인 자리 위로 홀로그램 설명문이 선명했다.

탄알을 재는 구멍이 여섯 개라 육혈포(六穴砲)라 이름 지었으며, 현재까지는 의열단 단장 약산 김원봉의 무기로 알려져 있었다. 최근 새롭게 개발된 타임셋……

우현은 설명문을 읽다 말고 눈길을 다시 육혈포로 옮겼다.

"그냥 봐도 묵직하게 생겼네. 아무리 150년 전이라지만 어떻게 저런 무겁고 위험한 무기를 몸에 지니고 다녔을까?"

육혈포의 생김새는 20세기 고전 영화 속에서 보던 모습 그대로였다. 주로 미국산 서부 활극에 등장하는 총잡이들이 빵빵 쏘아 대며 으스대던 무기다. 다만 크기가 좀 작고 총구 길이도 짧다. 서부 영화에 나오는 총들은 거의 번쩍거리는 은색 총신에 기다란 총구를 뽐내는 것들이었다. 하지만 이 거무튀튀하고 투박한 총은 멋부리거나 으스댈 허세 따위는 간단히 생략했다.

"요런 총 한 자루를 쥐고 독립 투쟁에 나섰다니……."

우현은 어릴 적 처음 이 유물을 보았을 때가 또렷이 떠올랐다. 아직 아홉 살밖에 되지 않았던 어린아이였지만 우현은 당시 박물관 해설사의 말을 생생히 기억했다.

"약산 김원봉 선생님은 일제강점기에 활약한 대표적인 항일 투쟁 독립운동가입니다. 1919년 의열단을 조직하고 1938년에는 조선의용대를 창설하는 등 일제에 대한 무장투쟁을 전개하는 데 앞장섰어요. 여러분이 지금 보고 있는 이 육혈포는 약산

선생님이 1919년 의열단 단장으로 활약하던 시절 지니셨던 무기로 알려져 있습니다. 당시 선생님은 중국 상해 프랑스 조계지를 중심으로 활동하고 계셨어요. 또한 조선의 수도였던 경성에 잠입하여 활동하실 때도 이 육혈포를 지니셨다고 해요. 총포에는 항상 여섯 발의 총알이 장전되어 있었다고 합니다. 언제든 적을 처단할 수 있는 만반의 준비가 되어 있다는 뜻으로요.”

아홉 살 우현 눈앞에 멋진 광경이 펼쳐졌다. 금방이라도 쏠 준비가 되어 있는 총을 옆구리에 숨기고 적을 찾아다니던 독립투사의 모습이었다. 우현 입이 헤벌어졌다. 하지만 이어지는 해설사의 말에 온몸이 딱딱하게 굳었다.

“독립투사들이 들고 다녔던 총은 적을 처단하기 위해서, 혹은 자신을 지키기 위해서 장전되기도 했지만 만일의 상황에서도 쓰였습니다.”

적에게 붙들려 의열단의 실체를 들킬 염려가 있을 때는 가차 없이 총구를 자신의 가슴으로 돌렸다는 설명이 뒤를 이었다. 아홉 살 우현의 뇌리에 충격으로 박힌 장면이 바로 이 부분이었다. 임무를 마치고 탈출이 어려워지면 자살로 마무리를 짓는다는, 의열단의 행동 강령이 용감함보다는 충격으로 다가왔다.

“아홉 살 꼬마들이 듣기에는 좀 독한 해설이었지.”

우현은 과거를 떠올리며 쓴웃음을 지었다. 그때나 지금이나 육혈포는 들여다보고 있으면 코끝에서 비릿한 피 냄새가 맴도는 것 같았다.

"그런데 이 총이 약산의 무기가 아닐 수도 있단 말이지?"

얼마 전 새로 업그레이드 된 타임 세트에서 '정보 부족' 데이터 분석 결과가 나왔기 때문이다.

"아, 머리가 다 지끈거리는군."

우현이 타임 세트에서 한 걸음 뒤로 물러서는데 목소리가 들렸다.

"그래도 덕분에 우현 같은 용감한 대원이 시간 여행을 하게 되었으니 나쁜 것만은 아니지?"

우현이 엇 하며 돌아보니 김하나 박사가 방글방글 웃으며 다가오고 있었다.

"언제 오셨어요?"

김하나 박사는 예의 푸근한 웃음과 함께 우현 곁에 섰다.

"출근하고 바로 내려오는 길이야. 나도 요즘 이 총 때문에 밤잠을 다 설쳐요."

우현이 고개를 갸웃 기울였다.

"이 총은 통일 전 북한 인민 영웅 기념 박물관에 수장되어 있던 유물이잖아요. 게다가 이 유물을 기증한 사람도 의열단 단원으로 활약하던 분이셨고요."

김 박사가 머리를 주억거렸다.

"좀 더 정확히 말하자면 의열단 단원들 뒷바라지를 하던 인물로 기록되어 있지."

"그러니까요. 실존 인물이 증언과 함께 기증한 유물인데 왜 백 년이나 지난 지금 다른 얘기가 나오는 건지……."

우현이 도무지 알 수 없다는 표정으로 고개를 갸웃거렸다.

김 박사가 선문답처럼 대답했다.

"과학의 발전은 하루도 쉬지 않는 법이니까."

타임 세트 분석에서 새롭게 나온 결과치는 이상했다. 육혈포의 활약 시기는 1919년이 맞다. 또한 활약 장소도 중국 상해와 조선 경성으로 나왔다. 여기까지는 홀로그램 설명문에 나와 있는 그대로다. 연도도 맞고 장소도 맞다. 헌데 주인이 약산이 아니란다. 그렇다면 도대체 누구의 것이란 말인가?

우현이 한숨을 섞어 말했다.

"아무래도 타임 세트 기계가 오류를 낸 거 같아요. 이 총의 주인은 김원봉이 틀림없어요. 모든 기록과 자료가 그걸 증명하고 있잖아요."

김 박사가 팔짱을 꼈다.

"나도 솔직히 같은 생각이야. 그래서 더욱 확실히 짚고 넘어가자는 거야."

김 박사가 타임 존 석실 문 쪽으로 발걸음을 옮기며 소리쳤다.

"이 육혈포의 진짜 주인을 확인하러 가 보자고!"

김 박사가 타임 존 안에 선 우현에게 다시 한번 일렀다.

"유물의 진짜 주인 가까이 가면 타임 글라스에 초록 불이 켜질 거야. 잊지 마."

우현은 웅 하는 소리에 귀가 멍해졌다. 그리고 한순간 몸이 붕 뜨는 것 같다가 뚝 떨어지는 느낌이 들었다. 우현은 가벼운 현기증과 함께 감았던 눈을 떴다. 1초 전까지 타임 글라스를 쓰고 타임 존 한가운데 서 있던 기억이 또렷했다. 아니, 이건 기억이라고 명명하기도 어색하다. 정말 바로 1초 전까지 자신을 둘러싸고 있었던 건 타임 슬립 시스템 컴퓨터 장치들이었다. 하지만 순식간에 모든 것이 온데간데없이 사라졌다. 대신 먼지가 풀풀 나고 따가운 햇살이 내리 꽂히는 땅바닥에 주저앉은 인력거꾼 하나만 남았을 뿐이다. 우현은 자기 몸에 걸쳐진 색 바래고 때가 전 무명 바지저고리를 내려다보았다.

'새로 개발된 타임 존 성능이 대단하긴 하군. 의상까지 완벽 세팅이라…… 그나저나 여긴 어디지?'

우현은 어지러운 걸 간신히 참으며 몸을 일으켰다. 그 바람에 우현 몸이 기대고 있던 인력거가 덜컹하며 흔들렸다.

"뭐야, 이거! 아하! 인력거꾼이라 이거지."

우현은 인력거를 찬찬히 살폈다. 검은 휘장 덮개와 커다란 바퀴, 그리고 굵직하고 튼튼한 손잡이가 인상적이었다. 보기에도 꽤 무게가 나가는 물건이었다. 빨간 벨벳 천으로 꾸민 의자는 인력거를 매력적인 탈것으로 완성지었다.

"잠입 탐색하기에 딱 어울리는 직업이군. 근데 이걸 내가 끌 수 있을까?"

우현이 걱정 어린 말투로 중얼거리자 귀 옆에서 난데없는 목소리가 들렸다.

"당연히 끌 수 있지."

당황한 우현이 주위를 두리번거리는데 다시 목소리가 들렸다.

"나야, 나. 타임 글라스에 장착된 인공지능. 네가 임무를 완수하고 복귀할 때까지 너를 돕고 지켜줄 거야. 인력거를 끄는 데도 내가 자기장 센서로 도움을 줄 거고."

"엇! 벌써 타임 글라스가 작동하기 시작한 건가?"

우현이 움찔하며 귓가에 달린 다이얼에 손을 가져다 댔다.

"한우현 대원! 난 이미 네가 타임 글라스를 쓰는 그 순간부터 임무를 시작한걸."

우현이 쓰고 있는 타임 글라스는 시공간 여행 중에는 투명으로 변환해 남들에게는 보이지 않았다. 오직 우현만이 타임 글라스를 만지고 조작할 수 있었다. 모르는 사람에겐 그저 귀밑머리가 간지러워 자꾸 손으로 긁적거리는 걸로 보일 뿐이었다.

"인공지능! 내가 타임 슬립한 장소와 연도를 알려 줘!"

우현이 명령을 내리자 귀에서 대답 소리가 들렸다.

"우선 미션 수행에 사용할 내 이름을 지어 줘."

"네 이름? 넌 시리얼 넘버가 있잖아."

우현 대꾸에 인공지능이 열다섯 개가 넘는 숫자를 읊었다.

"지어 주기 싫으면 이 번호를 외워서 부르던가. 다만 내 이름을 제대로 부르지 않으면 난 네 명령을 수행하지 않아. 그 점만 분명히 할게."

우현은 이 똑부러지고 까칠한 인공지능이 우습고 재밌었다.

"알았다, 알았어. 근데 뭐라고 부르냐? 너 혹시 생각해 놓은 거 있어?"

우현 말이 떨어지자마자 인공지능이 대답했다.

"동지!"

"동지?"

"응. 난 이래 봬도 역사 유물 탐험을 전문으로 하는 인공지능이야. 무구한 한민족의 찬란한 역사에서 이 '동지'라는 단어처럼 활기차고 멋⋯⋯."

"알았다, 알았어. 동지라고 불러 줄게."

우현은 속으로 혀를 내둘렀다.

'거 참, 말 많고 주장 많은 기계일세.'

"그러니까 지금이 몇 년 몇 월이냐고. 장소는 일제강점기 경성 거리인 것 같긴 한데 말이야."

우현의 재촉이 채 끝나기도 전에 눈앞에 숫자가 한 줄 흘렀다.

우현은 1919년이란 글자에 작은 한숨을 내쉬었다.

"그 유명한 3·1 만세 운동이 일어난 해 아니야?"

"맞아. 육혈포의 진짜 주인이 지금 여기 있단 뜻이지."

우현이 그렇구나, 고개를 끄덕이는데 인력거 뒤로 난 커다란 대문이 삐걱하고 열렸다. 우현은 그제야 자신이 서 있는 장소가 어딘지 살피기 시작했다.

"황금정 승마구락부?"

한자로 새겨진 기다란 나무 현판을 읽어 내리던 우현이 중얼거렸다.

"황금정이면 서울 을지로 일대를 일제강점기 때 부르던 명칭이고 승마 구락부라면 승마 클럽, 즉 승마장이란 뜻인데……."

우현의 말에 동지가 휫 하고 휘파람 소리를 냈다.

"역시 역사 탐험대 대원은 뭐가 달라도 다르군. 정확히 맞추었어. 여긴 일제강점기 초기에 운영되었던 승마장이야. 주로 고관대작이나 갑부, 그리고 그들을 상대하던 기생들이 애용하던 사교장이자 스포츠 클럽이지."

우현이 입꼬리를 비틀었다.

"고관대작? 그래 봐야 골수 친일파란 뜻일 테고, 갑부니 기생이니 해 봤자 식민통치에 순응하며 목숨 붙이던 기회주의자들이잖아. 1919년이면 3·1만세 운동이 일어난 해인데 서울, 아니 이때는 경성이지. 수도 한복판에 이런 매국노들이 뛰노는 놀이터가 버젓이 펼쳐져 있다니 기가 차는군."

우현 눈앞에 육혈포가 다시금 떠올랐다. 항상 장전된 총을 품에 안고 다니며 나라의 독립과 자신의 목숨을 맞바꾸려 했던 투사들. 그들이 비바람과 한뎃잠을 벗 삼아 헤매일 때 말이나 타며 거들먹거리는 친일파들의 놀이터를 두 눈으로 확인하는 건 꽤 심기 사나운 일이었다.

우현이 현판을 쪼개져라 노려보는데 대문 안에서 웬 여인이 나왔다. 허벅지를 부풀린 바지에 검은 가죽 장화, 그리고 손에 든 채찍까지, 고급 승마복을 맵시 좋게 빼입은 여인은 한눈에 보기에도 부티가 줄줄 흐르는 인상이었다. 뒤를 따라 나오던 급사가 여인에게 말을 걸었다.

"그럼 우선 마구랑 정리해서 보관해 놓겠습니다."

"응, 부탁해요. 녹슬지 않게 가끔 기름으로 닦아 주고."

"여부가 있겠습니까. 부디 몸 성히……."

급사 말에 여인이 쉿 하고 입술에 손가락을 가져다 댔다.

그 모습에 찔끔한 급사가 오른손을 번쩍 들며 외쳤다.

"여기! 인력거!"

우현은 여인에게서 눈을 못 떼다 저도 모르게 '예' 하고 외쳤다. 방금 여인이 눈앞에 나타나자마자 초록 불이 한 번 반짝였기 때문이다.

우현은 다른 인력거꾼이 움직일 틈도 안 주고 쌩하니 여인 앞으로 인력거를 가져다 댔다. 여인은 먼지 풀풀 풍기며 대령한 인력거와 우현을 날카로운 눈매로 슬쩍 살피더니 의자에 올라탔다.

급사가 허리를 굽히며 인사를 했다.

"계옥 누님, 또 오십시오."

그 말에 여인이 품 안에 든 지갑을 꺼냈다. 지폐 두어 장을 행하로 받은 급사의 입이 함지박만 해졌다.

"내가 부탁한 그 일 잊지 말고!"

여인은 오금 박듯 한마디 내뱉더니 얼굴에 웃음기를 거두고 고개를 빳빳이 들었다. 그만 출발하자는 신호 같았다.

우현은 두 사람이 하는 양을 멍하니 구경하고 있다가 동지의 목소리에 정신이 퍼뜩 들었다.

"지금 저 여인은 현계옥이라는 기생이야. 1919년 당시 경성에서 손꼽히는 명기로 이름을 날리던 이지. 가야금 연주에도 능하고 한서에도 조예가 있어서 시조를 짓기도 했대."

'기생? 그런데 왜 초록 불이 한 번 깜빡인 거지?'

우현은 인력거에 올라앉아 있는 여인을 새삼스러운 눈길로 다시 보았다. 그러다 퍼뜩 정신을 차리고 소리를 높였다.

"어서 옵쇼! 어디로 모실깝쇼?"

우현은 언젠가 읽었던 1930년대 소설 구절을 떠올리며 억양을 높였다. 방금 전까지 경멸하고 헐뜯던 인물을 손님으로 태워야 한다니 속이 뒤집힐 지경이었다. 그런 속마음을 감추기 위해 부러 더 굽실거리는 시늉을 하는 참이었다.

"가회동 32번지로 가요."

계옥이라 불리는 기생은 부드러운 눈길로 우현을 내려다보며 대답했다. 순간 우현의 두 볼이 발갛게 달아오르다 식었다. 당당하면서도 뭔가를 꿰뚫어 보는 듯한 눈매가 사람 마음을 사로잡았다.

우현은 자기장 센서의 힘으로 끄는 인력거와 함께 경성 거리를 내달렸다.

"근데 나 가회동 32번지가 어딘지 모르는데?"

우현이 요란한 인력거 바퀴 소리를 방패 삼아 인공지능에게 말을 걸었다.

"걱정 마."

동지의 대답이 끝나기도 전에 우현 눈앞에 증강현실 내비게이션이 펼쳐졌다. 생전 처음 보는 경성 시내였지만 속속들이 안내와 설명문, 화살표 방향이 붙어 있었다. 한시름 놓은 우현은 두 다리에 힘을 주고 힘차게 내달렸다.

우현은 중간중간 다른 인력거나 전차와 맞닥뜨려 멈추어 설 때마다 뒤를 돌아보았다. 처음 모는 인력거에 사람이 안전하게 타고 있는지 불안했기 때문이다.

'아, 저 모습은 뭐지?'

계옥을 확인할 때마다 우현은 내심 감탄의 한숨을 내쉬었다. 계옥은 인력거에 타고 나서도 휘장을 치지 않고 등받이에 기대지도 않은 채 꼿꼿이 앉아 있었다. 다른 인력거에 탄 보통 여인들은 휘장을 내려 길거리 행인들이 자신의 얼굴을 보지 못하게 했다. 길거리를 달리며 언뜻언뜻 본 광경이 그랬다. 바람에 날려 휘장이 잠깐 열릴 때 여인들의 얼굴이 살짝 보였다가 다시 숨었다. 하지만 계옥은 달랐다. 환한 햇빛 아래 스스로를 드러내며 길거리를 가로질렀다. 지나가는 행인들이 힐끗거리며 자신을 쳐다보는 걸 즐기는 듯했다. 인력거 의자 위에 당당히 앉은 계옥의 모습은 자부심과 반항심이 뒤섞인 묘한 분위기를 자아냈다. 친일파들에게 기대어 살며 타락한 생활을 이어 가는 기생이란 신분이 도저히 믿기지 않을 만큼 눈부셨다.

'이런 당당함 때문에 초록 불이 한 번 반짝인 건가?'

설마…… 그럴 리는 없다. 우현은 점점 계옥이 궁금해지기 시작했다.

"다 왔습니다!"

우현이 턱까지 찬 숨을 고르며 간신히 내뱉었다.

"옷 갈아입고 나올 테니까 여기서 잠시 기다려요."

"예?"

우현은 품삯으로 얼마를 받아야 하는지 고심하던 중이라 어물거렸다.

"만나러 갈 사람이 있어요."

계옥은 우현의 답은 듣지도 않고 기와집 안으로 들어가 버렸다. 우현은 한옥집이 즐비하게 늘어선 북촌 골목 한가운데 멍하니 섰다.

"아니, 잠깐만!"

얼이 빠져 있던 우현이 머리를 흔들며 말했다.

"동지! 지금 저 기생을 쫓아다니는 게 맞는 거야?"

동지가 대답했다.

"아까 승마 구락부 앞에서 현계옥이 나왔을 때 초록색 불이 켜졌었지?"

우현이 딱 한 번 그랬다고 대답했다.

"그럼 육혈포와 뭔가 연관이 있는 사람이 틀림없어."

우현은 한숨을 내쉬었다.

"동지! 다시 검색해 봐. 지금 우리는 1919년 경성 한복판에서 있단 말이야. 3·1 만세 운동으로 한껏 달아오른 도시란 말이지. 이런 데서 말 타러 다니는 기생이나 쫓아다니는 게 맞다고?"

우현이 답답한 마음에 툴툴거리는데 기와집 대문이 삐걱하고 열렸다. 계옥이었다.

"오래 기다렸죠. 얼른 갑시다."

방금 전까지 기생이라고 헐뜯던 우현의 입이 헤벌어졌다.

계옥은 짙은 감색 세라복에 구두를 신고 있었다. 오른손에 핸드백을, 왼손엔 하얀 양산을 받쳐 들었다. 조금 전 승마복을 입은 계옥이 항일 무장 독립투사처럼 당당하고 씩씩해 보였다면 지금은 영락없는 여학생이었다. 언젠가 역사 동영상 자료에서 보았던 '근대 여학생' 옷차림 그대로였다.

"종로 탑골 공원 앞으로 가요."

우현은 이 기생을 다시 태울 것인가 아닌가로 인공지능과 말씨름했던 걸 홀딱 까먹고 '예' 하고 대답했다. 계옥의 집에서 탑골 공원은 그리 멀지 않은 곳이었다.

우현이 탑골 공원 입구에 인력거를 세웠다.

"수고했어요. 여기 품삯."

계옥은 우현의 손에 지폐 몇 장을 쥐여 주며 방긋 웃었다. 그러더니 주위를 두리번거리며 공원 정문 앞으로 갔다.

우현은 계옥이 사라져 간 공원 정문을 새삼스러운 눈으로 바라봤다. 불과 몇 달 전에 만세 운동이 일어난 시발점이자 본거지인 곳이었다.

삼엄한 경비와 검문으로 일대가 스산했다. 공원 안으로 들어가 산책을 즐기는 사람들이 간혹 눈에 띄긴 했다. 하지만 막상 들어가기까지가 까다로웠다. 순사와 헌병까지 가세한 검문 인력은 공원을 이용하는 숫자보다 많아 보였다.

'만세 운동이 재점화될지 몰라 전전긍긍하는 모습이군.'

우현은 혀를 끌끌 찼다.

공원 입구를 막아선 순사는 계옥이 내미는 한남권번 수첩을 보더니 단번에 통과시켰다.

"어? 어!"

우현은 계옥을 따라 공원 안으로 들어가려다 순사에게 막혀 버렸다. 지저분한 옷차림의 인력거꾼은 공원에 들어갈 자격조차 없는 사람처럼 취급되었다.

우현은 초조해져 귓가를 만졌다.

"동지, 어떡하지? 계옥이 벌써 누굴 만난 거 같은데 거리가 멀어서 시그널이 안 잡혀."

"담장 뒤쪽으로 돌아가."

우현은 인공지능이 시키는 대로 공원 담장을 따라 돌았다.

"여기! 여기서 이어폰 음량을 높여 봐."

담장 아래에 웅크리고 앉은 우현이 귓가를 만지작거렸다. 그러자 머릿속으로 두 여인의 목소리가 울리기 시작했다.

"계옥아!"

"금죽아!"

두 여인은 막역한 사이인지 살갑게 인사를 나누었다.

"금죽아, 여기 들어오는 데 애 안 먹었어?"

계옥이 묻는 말에 금죽이란 여인이 대답했다.

"여기 관리소장이 우리 요정 단골이잖아. 난 신분증 없어도 돼."

우현은 흠칫 놀라 중얼거렸다.

"어? 뭐야? 같은 기생이잖아."

동지가 '검색할게' 하고 대답하는데 금죽이란 여인의 말소리가 들려왔다.

"난 이번 참에 일본으로 유학을 가기로 결심했어."

"정말? 그럼 권번에서 나간다고?"

금죽이 대답했다.

"너도 마찬가지지만 나 역시 이번 만세 운동을 통해 깨달은 게 많아. 새로운 세상을 본 것 같아. 난, 난 말이야. 모든 사람이 평등해지는 그날을 위해 이 한 몸 기꺼이 투신하기로 각오했어."

계옥이 말을 받았다.

"평등이라…… 그래. 따지고 보면 조선 독립을 위한 투쟁도 결국엔 인간 평등을 위한 운동과 한가지겠지?"

"다들 기생같이 천한 신분에 무슨 독립이니 투쟁이니 하며 비웃지만, 기생이니까 더 뼈저리게 느낄 수 있는 거 같아. 차별과 속박이 무언지."

"네 말이 옳다. 덕분에 사상 기생이니 혁명 기생이니 하고 놀림을 받는 거지만."

계옥의 말을 끝으로 두 여인 사이에 잠깐 고요가 흘렀다. 그러다 계옥이 다시 입을 열었다.

"금죽이 네가 일본으로 간다면 나도 가만있을 순 없지."

"계옥이 너도 무슨 계획이 있구나."

"아직 뭐라 단언하기 어렵지만…… 나도 요즘 생각이 많아."

우현은 계옥의 입에서 연이어 나오는 말에 두 눈이 점점 커졌다. 친일파 고관대작이나 갑부들과 어울려 말이나 타러 다니는 고급 기생인 줄만 알았던 그녀였다. 그런 사람 입에서 조선 독립이니, 투쟁이니, 자금이니, 계획이니 하는 말들이 술술 쏟아졌다.

"동지야, 아무래도 이 여자 뒤를 좀 더 캐 봐야겠어."

우현이 결심한 듯 중얼거리는데 이어폰에서 소리가 들렸다.

"그럼 금죽아, 오늘은 이만 헤어지자. 너 일본 가기 전에 꼭 한 번 우리 집에 들러야 해."

"그래. 근데 계옥아, 이제부터 날 칠성이라고 불러다오."

"칠성?"

"응, 정칠성. 그게 내 본명이야. 이제부터는 기생 금죽이 아닌 칠성으로 살아갈 거니까."

"그래, 칠성아. 무엇보다 먼저 몸조심하고."

여기까지 들은 우현은 얼른 인력거를 세워 둔 공원 정문 앞으로 뛰어 나왔다.

"일 다 보셨습니까?"

공원을 나서던 계옥이 우현이 불쑥 나타나 꾸벅 하고 허리를 굽히자 '어맛!' 하며 놀랐다.

"혹 나를 기다린 거예요?"

"여부가 있겠습니까? 여기서 일 마치시면 당연히 인력거를 부르실 텐뎁쇼. 오늘은 제가 마저 모시겠습니다."

계옥은 우현 이마에 맺힌 땀방울을 물끄러미 바라보며 말했다.

"저 앞에 냉차를 파는 가게가 있으니 우선 그리로 가요."

계옥은 냉차 한 잔을 사서 우현에게 내밀었다.

"가을 볕 아래 하루 종일 인력거를 끌자면 목도 타겠지요."

우현은 흔쾌히 냉차를 받아 마셨다. 타임 슬립을 하고 내내 답답하던 속이 뻥 뚫리는 것 같았다.

계옥은 다시 집에 들러 한복으로 갈아입었다. 몸단장을 마친 계옥은 그제야 기생의 모습이 되었다. 우현은 계옥이 시키는 대로 요릿집으로 방향을 잡았다. 계옥은 요릿집으로 가는 내내 인력거 의자에 꼿꼿이 앉아 가야금을 무릎 옆에 세웠다. 그 모습이 마치 전쟁에서 승리하고 돌아온 개선장군처럼 위풍당당했다.

인력거가 막 요릿집 앞에 당도하는데 솟을대문 옆에 웬 중절모 신사가 서서 이쪽을 보고 있었다. 하도 뚫어지게 보는 바람에 우현은 그와 눈을 마주칠 수밖에 없었다. 순간 타임 글라스에 빨간 불이 들어와 반짝거리기 시작했다. 우현은 김 박사의 말을 다시 떠올렸다.

"유물의 주인이 확실하면 초록 불 대신 빨간 불이 켜질 거야."

우현은 바짝 긴장한 채 남자를 살폈다.

"저분이 육혈포 주인인가?"

"서두르지 말고 천천히 접근해 봐."

그러고 보니 중절모 신사는 멀찍이 봐도 뭔가 심상치 않은 기운을 뿜어내고 있었다.

우현이 동지와 대화를 나누는 사이, 계옥 또한 신사를 발견했다.

"잠시 멈춰요."

계옥은 딱 끊어지는 말투로 인력거를 세웠다. 인력거가 멈추어 서자 중절모 신사가 이쪽으로 다가왔다. 계옥은 신사의 얼굴을 확인하자마자 인력거 덮개를 올리고 휘장을 드리웠다. 재빠른 손놀림이었다.

"어서 타세요!"

우현이 뭐라고 물을 새도 없이 계옥이 다음 명령을 내렸다.

"가회동으로 빨리 출발하세요!"

중절모 사내도 우현도 뭐에 홀린 듯 젊은 기생의 지시에 따랐다. 우현은 날랜 걸음으로 달음박질쳤다. 어른이 둘이나 탄 인력거지만 깃털처럼 가벼울 뿐이었다. 모두 자기장 견인 센서 장치 덕분이었다.

휘장 안으로 숨어 든 두 남녀의 목소리가 들려왔다.

"정건 씨, 어떻게 오셨어요? 만주에 계실 줄만 알고 있었는데."

"상해에서 쓸 독립 자금을 모으려고 들어왔소."

'정건?'

우현은 얼른 동지에게 이름 검색을 지시했다.

"현정건, 일제강점기 상해 임시정부에서 활동한 독립운동가. 고려공산당 창조파의 일원으로 임시정부 계파간 이견 조정을 위해 힘썼다. 상해청년동맹회 등 여러 조직에 소속하여 항일 투쟁과 전선 통일을 위해 노력하였다. 가족으로는……."

우현은 동지의 설명을 듣다 '오!' 하며 놀라워했다.

"「운수 좋은 날」, 「빈처」의 저자 빙허 현진건의 친형이라고?"

"응. 이 집안은 좀 흥미로운 것이 친일파와 항일 투사가 한 가문 안에 공존했어."

우현은 동지의 설명을 듣는 동시에 인력거 안에서 새어나오는 남녀의 대화 소리에도 귀를 기울였다.

정건이라는 남자의 목소리가 들렸다.

"계옥, 이번에 경성으로 잠입한 일은 누구에게도 알려져서는 안 돼."

그 말에 계옥의 낮은 웃음소리가 새어 나왔다.

"그러시면서 벌건 대낮에 요릿집 문앞에 서 계셨던 거예요?"

"오히려 그런 곳이 감시망을 피하기 좋은 곳 아니겠소. 누구든 내 모습을 보면……."

"기생을 짝사랑하는 가난한 룸펜*으로나 보이겠죠."

계옥의 대답에 와하하 하는 남자의 웃음소리가 인력거 안에 가득 찼다.

그사이 인력거는 계옥의 가회동 집 앞에 다다랐다.

"경성에 계실 동안에는 여기서 머물도록 하세요."

계옥은 현정건이 집 안으로 들어가는 것을 확인하고 우현 앞으로 다가서 지폐 다발을 내밀었다.

"오늘 나와 함께 보고 들은 것은 모두 잊어 주세요."

우현이 한 걸음 물러서며 손을 내저었다.

"인력거 삯은 아까 주신 걸로 충분합니다."

"아니, 그래도."

"보고 들은 것이 없는데 돈을 더 받을 이유도 없고요."

우현이 쐐기를 박듯 말끝을 아물리자 계옥이 알겠다는 듯 고개를 끄덕였다.

우현은 대문 안으로 들어가는 계옥의 뒷모습을 바라보다 중

---

* 지식인이지만 식민지 현실에서 사회 진출이 막혀 무위도식하는 이를 일컫는 말.

얼거렸다.

"동지야, 어때? 이 정도면 임무는 완수한 거 같은데."

우현은 현정건이 육혈포의 주인이라고 생각했다. 계옥을 만났을 때 초록 불이 반짝인 것도 그녀와 현정건이 연인 사이였기 때문에 기계가 반응한 것으로 해석했다. 현정건에 대한 동지의 부연 설명도 이런 판단에 힘을 실어 주었다.

"만주 길림을 근거지로 한 비밀 결사대의 일원으로 활약한 기록도 있어."

같은 시기 약산도 만주 길림에서 활동을 한 이력이 있음을 확인한 우현은 확신에 차 말했다.

"그렇다면 의열단 단장 김원봉을 만나 육혈포를 건네받은 게 틀림없어."

우현은 후미진 골목을 찾아 들어가 눈을 감고 조용히 읊조렸다.

"본부!"

머릿속이 한 바퀴 빙 돌더니 어찔한 멀미가 났다. 뒤이어 귀에 익은 목소리가 들렸다.

"수고했어, 우현 대원."

눈을 떠 보니 타임 존 한가운데였다. 아직 타임 글라스를 벗지 않은 우현 앞으로 김하나 박사가 다가서며 말했다.

"육혈포의 진짜 주인은 찾았나?"

우현이 '예' 하고 자신 있게 대답했다. 우현은 망설일 틈도 없이 타임 세트 기계 앞에 섰다. 그리고 '현정건'이라는 글자를 한자 한자 눌렀다. 입력이 끝난 기계에서 '로딩 중'이라는 표시가 떴다. 잠시 기다리자 타임 세트 중앙 화면에 결과를 알리는 글자가 떴다.

오류 – 독립유공자 현정건은 육혈포의 주인이 아닙니다.

"뭐? 왜? 어째서?"

우현은 믿을 수 없었다. 현정건이 육혈포의 주인이 아니라니. 그럼 빨간 불은 왜 켜졌던 거지? 우현은 타임 글라스를 벗어 김 박사에게 건넸다.

"혹시 기계에 이상이 있는 건 아닐까요?"

하지만 점검 결과 타임 글라스는 '정상'이었다.

김하나 박사가 우현의 축 처진 어깨에 손을 얹었다.

"하는 수 없다. 다시 갔다 와야지."

우현은 숨 돌릴 틈도 없이 다시 타임 존 둥근 원 안에 섰다.

'도대체 어디서부터 잘못된 거지?'

우현은 어찔한 기운을 물리치려 도리질을 쳤다.

"어우, 이건 몇 번을 해도 적응이 안 되네."

눈을 뜨고 좌우를 살피던 우현이 뜨악 하며 입을 벌렸다.

"여, 여긴!"

"중국 상해시에 있는 프랑스 조계지야."

동지의 목소리는 여전히 깔끔하고 냉랭했다.

"주, 중국?"

그러고 보니 우현이 입고 있는 옷이 전과 달랐다. 조끼처럼 민소매 윗도리에 폭이 좁은 반바지 차림이었다. 바지와 윗도리 모두 푸른 물감으로 물을 들여 때가 탄 걸 가렸다. 우현은 뛰어난 기억력으로 수업 때 보았던 아시아 근대사 사진 자료를 떠올렸다. 이 옷차림은 20세기 초 중국 농민 혹은 도시 근로자들이 입던 평상복이었다.

"뭐야? 이번엔 노동자인가?"

"아니, 뒤를 봐."

우현이 고개를 돌려보니 예의 그 인력거가 버티고 서 있었다.

"뭐야? 인력거로 같이 타임 슬립 한 거야?"

날씨가 썰렁한 걸로 봐서는 겨울이 틀림없었다. 그래도 남쪽에 위치한 지역답게 어딘가 안온한 추위였다. 다만 홑겹의 무명옷 사이로 파고드는 냉한 기운이 어깨를 움츠리게 했다.

우현은 어리벙벙하여 인력거 손잡이를 잡은 채 서 있었다. 갑자기 중국 상해라니. 뭘 어떻게 해야 할지 난감할 뿐이었다. 그때 맞은편 집에서 사내 하나가 문을 열고 나왔다. 모직 양복 차림에 중절모자를 쓴 남자는 인력거를 보자 바로 손을 들었다.

"어이! 여기!"

우현은 사내와 눈이 마주치자 그만 몸이 얼어붙고 말았다. 그가 누군지 한눈에 알아봤기 때문이다.

'약산 김원봉이다!'

우현은 김원봉이 자신을 향해 다가오는데도 꼼짝없이 서서 그를 쳐다보았다.

'내가 김원봉을 실제로 보다니!'

우현은 사진으로 보았던 김원봉의 얼굴을 또렷이 기억했다. 번갯불처럼 형형한 눈빛과 단호하고 결단력 있는 표정은 꿈에라도 잊을 수 없는 힘을 지니고 있었다.

김원봉은 인력거 앞으로 와 말했다.

"상해역으로 갑시다."

그 소리에도 우현이 자신을 뚫어져라 쳐다보기만 하자 약산이 헛웃음을 웃었다.

"허참! 이 사람이 어째 이래? 장사 안 하나?"

그제야 정신이 든 우현이 '예, 옛' 하며 인력거를 앞으로 기울였다.

"어디로 모실까요?"

"방금 상해 기차역이라고 말하지 않았소."

의자에 올라 탄 김원봉이 휘장을 드리우며 대답했다.

"얼른 모셔다 드리겠습니다."

우현은 대답과 동시에 뛰기 시작했다.

귓가에 동지의 말소리가 들렸다.

"약산 김원봉. 일제 강점기 대표적인 항일 무장 투쟁……."

우현이 낮은 소리로 말했다.

"쉿! 다 알고 있으니까 조용히 해."

우현은 타임 글라스에 빨간 불이 켜지기만을 기다렸다. 육혈포의 주인을 인력거에 태웠으니 더 이상 바랄 게 무어란 말인가. 하지만 인력거가 상해 기차역에 도착할 때까지 초록 불이든 빨간 불이든 신호는 들어오지 않았다.

'역시 고장 난 게 맞다니까!'

우현은 치밀어 오르는 짜증에 이맛살을 찌푸렸다.

인력거에서 내리던 약산이 이 모습을 보고 물었다.

"왜 그러나? 내가 너무 무거웠나?"

우현이 당황해 손을 내저었다.

"아니, 아닙니다. 저, 근데 손님."

인력거 삯을 치르던 약산이 '응?' 하고 대꾸했다.

"여기는 중국 상해 땅인데 제가 조선 사람인 건 어찌 알고 보자마자 조선말로 인력거를 부르셨습니까?"

약산이 너털웃음을 웃었다.

"허허, 어디서 만나든 우리 조선 사람은 같은 동포를 알아보기 마련이지. 자네도 날 보자마자 같은 생각 아니었나? 그래서 뚫어져라 쳐다본 게지."

"아, 예. 그렇죠, 하하."

우현은 웃음으로 얼버무렸다.

"하여튼 자네나 나나 이국 타향에 와서 고생하는 건 매한가지 아니겠나. 힘내세, 우리."

김원봉이 인력거꾼의 어깨를 툭툭 두드리는데 저쪽에서 부르는 소리가 났다.

"선생님!"

순간 빨간 불이 켜졌다.

'앗! 누구지?'

우현이 약산을 따라 그쪽으로 얼굴을 돌리다 '헉' 하고 숨을 멈추었다. 약산을 향해 걸어오는 두 사람이 다름 아닌 현계옥과 현정건이었기 때문이다. 우현은 계옥의 얼굴을 확인하고는 도망쳐야 한다는 생각밖에 들지 않았다. 빨간 불이 들어왔으니 육혈포의 주인이 코앞에 있는 세 사람 중 한 사람임에는 틀림 없었다. 임무를 완수하기 위해서는 자리에서 머물며 더 살피는 게 맞다. 하지만 계옥이나 정건에게 정체를 들킬 수는 없었다.

'어떡하지.'

타임 존이 있는 지하 석실에 잠시 다녀오는 동안 이 세계의 시간은 얼마나 흐른 건지 아직 알 수가 없었다. 타임 슬립을 하고 나서 바로 점검해야 하는 것이 시공간 이동을 한 곳이 몇 년, 어디냐 하는 것이다. 그러나 우현은 타임 슬립을 하자마자 바로 약산과 맞닥뜨리는 바람에 미처 동지에게 물을 틈이 없었다. 우현은 허겁지겁 인력거 뒤로 숨어 동지를 불렀다.

"현재 서기 1919년 12월 20일 오후 3시 정각이야. 지난번 경성 방문 때는 1919년 9월 2일이었고."

그렇다면 겨우 다섯 달이 되는 시간 차다. 경성 종로 바닥에서 인력거를 끌던 소년이 난데없이 상해 기차역이라니, 누가 봐도 수상쩍게 생각할 일이었다.

"아니, 정건이 자네까지? 계옥을 먼저 보내기로 하지 않았었나?"

약산이 두 사람을 반겨 맞으며 뜻밖이라는 듯 물었다.

"도무지 안심이 되어야 말이죠. 그래서 몰래 따라왔습니다. 데려다만 주고 저는 바로 다시 경성으로 돌아갈 거구요."

현정건이 시원시원하게 대답했다.

계옥이 현정건을 곁눈으로 살짝 흘기며 말했다.

"나를 애인으로 혹은 한 여자로만 보지 말고, 같은 동지로 생각해 달라는데도 이러네요."

그 말에 두 남자가 웃음을 터뜨렸다.

'그럼 현정건이 육혈포의 주인 맞는 거 아니야? 약산 앞에서도 켜지지 않던 불이 정건이 나타나자마자 다시 켜졌잖아. 왜

196

타임 존에서는 자꾸만 아니라고 하는 거지?'

우현은 머릿속이 뒤엉켰다.

계옥은 약산과 정건을 번갈아 보며 미간을 찌푸리다 인력거 뒤에 선 우현과 눈이 마주쳤다.

우현은 흡, 하고 숨이 멈추었다. 계옥은 순간 우현을 알아본 것 같은 표정이 스쳤지만 곧 눈길을 거두었다. 우현은 계옥의 그런 태도가 놀라우면서도 궁금했다. 현정건이야 요릿집에서 가회동 집까지 한 번만 우현의 인력거를 탔을 뿐이다. 그가 우현의 얼굴을 알아보지 못한대도 무리는 없다. 하지만 계옥은 다르다. 한나절을 우현과 같이 다니며 냉차까지 사주었다. 우현이 입단속을 조건으로 내민 사례금을 거절할 때 두 사람은 의미심장한 눈빛까지 나눈 사이가 아닌가.

'어? 나를 못 알아보나?'

하지만 그런 걸 따지고 있을 때가 아니다. 계옥이 혹시라도 기억해 내기 전에 자리를 떠나야 한다. 육혈포의 주인이 누구냐는 앞으로 차근차근 알아내면 된다. 여기까지 정리한 우현이 인력거를 살살 끌며 뒷걸음질 쳤다. 그때 인사를 마친 약산이 우현을 불렀다.

"어이, 잠시만!"

약산은 정건과 계옥을 인력거로 안내했다.

"이 두 사람을 아까 내가 나오던 집으로 부탁하네."

약산은 이 말을 끝으로 인파 속으로 사라졌다. 정건은 역시나 우현을 못 알아보는 듯 무심한 어투로 물었다.

"조선인이구먼. 그래, 상해에서 인력거를 끈 지 얼마나 되었나?"

우현이 대답할 말을 찾지 못하고 어물거리는데 계옥이 끼어들었다.

"정건 씨, 상해에 며칠 묵을 작정이세요?"

경성에서 벌여 놓은 일이 있으니 하루라도 빨리 돌아가야 하지 않겠냐는 계옥의 말에 정건이 퉁명스럽게 물었다.

"무사히 도착했으니 길잡이는 이제 필요 없다는 말인가?"

"뭐, 군이 콕 집어 말하자면!"

"어이쿠! 할 말이 없네그려."

우현은 두 사람이 농담을 주고받는 사이 얼른 인력거를 끌었다. 그리고 이들을 상해 프랑스 조계지 골목 깊숙한 곳에 위치한 김원봉의 아지트로 데려다 주었다. 대문 안으로 들어가던 계옥이 힐끔 뒤를 돌아보며 우현과 눈을 마주쳤으나 그뿐이었다. 우현은 집 안으로 사라진 계옥의 자취를 멍한 눈으로 좇았다. 그제야 쉴 새 없이 반짝이던 빨간 불이 꺼졌다.

다음 날, 우현은 다시 김원봉의 집으로 찾아갔다. 밤새 인력거꾼 합숙소에서 뒤척이며 궁리한 방도였다.

"동지야, 잘 들어. 옛말에 호랑이를 잡으려면 호랑이굴로 뛰어들라는 속담이 있어. 인력거꾼으로 길바닥에서만 빙빙 돌아서는 육혈포의 진짜 주인을 가려내기 힘들단 말이야."

"그래서?"

"이제부터 내가 하는 걸 잘 봐. 아주 기발한 방법이 생각났거든."

이 말을 끝으로 우현은 대문 한가운데 달린 구리 손잡이를 통통 두드렸다. 좀 있자 안에서 인기척이 났다.

"어? 자네는?"

문틈 사이로 고개를 내민 사람은 뜻밖에 김원봉이었다.

우현은 거두절미하고 찾아온 목적을 말했다.

"의열단 단원으로 입단시켜 달라고?"

거실의 둥근 탁자에 마주 앉은 약산이 우현을 건너다보며 생뚱맞은 표정을 지었다.

"근데 의열단이 뭔가? 난 처음 듣는 말인데?"

우현은 시치미를 떼는 약산의 짓궂은 얼굴을 보며 한숨을 내쉬었다. 그리고 곧바로 속사포처럼 줄줄이 쏟아냈다.

"1919년 11월 9일, 만주 길림성 파호문(把虎門) 밖 중국인 반씨의 집에 모인 독립지사들이 밤을 새워 가면서 숙의한 끝에 조직한 항일 비밀 결사 조직. '정의의 사(事)를 맹렬히 실행한다'는 옛 구절에서 유래된 단체명이 의열단입니다."

김원봉의 눈이 접시만 하게 커졌다.

"너 누구냐? 누군데 길림성 반씨네 집을 알아?"

"여기서 구구절절 설명하기엔 시간이 없습니다. 제가 일제의 앞잡이나 밀정으로 보이시거든 당장 이 자리에서 절 요절내십시오. 하지만 어제 분명 선생님께서 말씀하셨습니다. 조선인은 조선인을 알아본다고. 그렇다면 독립투사도 같은 독립투사는 저절로 알아볼 수 있지 않겠습니까?"

우현의 당찬 대꾸에 약산의 입이 꾹 다물어졌다. 대신 그 형형한 눈빛이 더욱 날카롭게 빛나며 우현의 얼굴을 뚫어져라 쳐다보았다. 우현도 물러서지 않고 눈싸움을 버텼다.

숨막히는 대치의 시간이 지나고 김원봉의 너털웃음이 터졌다.

"좋네. 마침 인력거를 몰 줄 아는 사람이 필요하던 참이었어."

우현이 반색을 했다.

"그렇다면 입단을 허락하시는 겁니까?"

"아니. 당돌한 말 한마디에 받아줄 순 없지. 임무 하나를 줄 테니 이것을 무사히 완수해 내게. 그리하면 입단을 생각해 보겠네."

약산은 우현에게 골목으로 나가 기다리라며 방으로 들어갔다.

우현이 초조한 마음으로 집을 나오자 인공지능이 기다렸다는 듯 쏘아 댔다.

"아까 하마터면 너 본부로 강제 송환할 뻔했어. 미래에서 온 거 들통나면 어쩌려고 그렇게 의열단에 대해서 사전적으로 읊어 대?"

우현이 뭐라고 대답하려는데 대문이 삐걱 하고 열렸다. 그사이로 나오는 사람은 못 보던 신사였다. 그가 나오자마자 빨간 불이 다시 켜졌다. 우현은 얼른 신사를 뜯어보았다.

'이 남잔가?'

우현의 가슴이 두방망이질 치기 시작했다.

신사는 남자치고는 체구가 작은 편이었으나 콧수염과 짙은 눈썹이 매우 인상적인 사내였다. 그는 우현을 보고 얼굴이 살짝 굳었으나 곧 무심한 표정이 되었다.

"이 사람을 기차역까지 무사히 데려다 주고 오게. 그게 아까 말한 임무일세."

그 말에 신사가 입을 열었다.

"이 사람이 끄는 인력거를 타고 갑니까?"

신사의 얼굴에 의심과 불신의 표정이 스쳤다.

우현은 신사의 입에서 다른 말이 나올까 무서워졌다.

"빨리 타세요."

신사가 약산을 한번 돌아보더니 마지못해 인력거에 올랐다. 약산이 휘장을 들추고 안에다 대고 말했다.

"자네만 믿네."

사내가 뭐라고 작은 소리로 대답했으나 인력거 앞에 선 우현의 귀에는 들리지 않았다.

인력거가 달리기 시작했다. 우현이 한창 내비게이션이 안내하는 대로 달리는데 뒤에서 부르는 소리가 들렸다.

"잠깐 멈추시오. 들를 데가 있소."

신사가 휘장을 걷고 우현에게 말했다.

"임시정부 청사로 가 주시오. 거기서 물건을 받아서 가야 하니."

우현은 귓가에 손을 대고 속삭였다.

"동지야, 임시정부 청사로 다시 안내해."

우현의 지시가 떨어지자마자 현실 증강 내비게이션이 새로운 길 안내를 시작했다. 우현이 프랑스 조계지 골목을 이리저리 누비며 달리는데 휘장 안에 있던 신사가 소리쳤다.

"이쪽 길이 아니오. 다시 돌아 나가시오."

우현이 걸음을 멈추고 뒤를 돌아봤다. 내비게이션이 가리키는 대로 잘 가고 있는데 왜 그러지, 했으나 입 밖으로 꺼낼 수는 없었다.

"엉뚱한 방향으로 가고 있잖소. 이제부터는 내가 가자는 대로만 가시오."

신사가 뿜어내는 기운이 얼음장처럼 차가웠다. 우현은 그 서슬에 눌려 그저 예, 하고 대답할 뿐이었다.

"동지야, 우리가 모르는 지름길이 있나 봐."

우현은 신사가 가리키는 대로 내처 달렸다. 그렇게 한참 오래

된 주택가 골목을 뺑뺑 돌던 우현이 그만 자리에 주저앉았다.

"헉헉, 여긴 막다른 골목인데요."

신사가 인력거에서 천천히 내렸다. 우현은 숨을 고르느라 헐떡거렸다. 신사가 그런 우현 옆으로 다가앉더니 조용히 물었다.

"밀정이냐? 염탐이냐?"

순간 우현의 옆구리로 서늘한 기운이 느껴졌다. 본능처럼 위험을 감지한 우현이 움찔하며 내려다보았다.

"엇! 육혈포다!"

우현은 자신에게 총구를 겨누고 선 신사를 놀란 눈으로 쳐다보았다.

"무, 무슨 짓입니까?"

신사가 낮고 조용한 음성으로 물었다.

"왜 상해까지 따라온 거지? 거기다 인력거꾼으로 위장해 대담하게 단장님께 접근하고."

우현은 혼비백산해서 벌떡 일어섰다. 이 난생처음 보는 남자가 자신의 비밀을 다 아는 것처럼 따지고 들다니, 이 남자는 도대체 누구란 말인가. 빨간 불이 켜지는 걸 보아, 그리고 이번 임무의 주인공인 육혈포를 들고 있는 걸 보아 이 남자야말로 총의 주인이 틀림없다. 그렇다고 우현의 정체까지 알 수는 없는 노릇 아닌가. 우현의 머릿속이 다시 한번 엉망으로 뒤엉켰다. 그러거나 말거나 신사는 총 끝으로 우현에게 일어나라는 신호를 보냈다.

우현과 마주 선 신사가 총구를 들어 우현의 얼굴을 겨누었다.

궁지에 몰린 우현이 소리쳤다.

"난 절대 염탐꾼이나 밀정이 아니에요!"

"그럼 뭔데? 겨우 인력거나 끄는 놈이 무슨 돈이 나서 상해까지 온 거지?"

우현이 되받아쳤다.

"그러는 당신은 도대체 누구요? 누군데 내가 경성에서 여기까지 온 걸 알고 있단 말이에요?"

우현이 당차게 대들자 신사가 한 발 물러서며 머리에 쓴 중절모를 획 벗어젖혔다. 순간 치렁치렁한 머리가 신사의 어깨 아래로 툭 떨어졌다.

"어!"

우현이 놀라 외마디 비명을 질렀다.

"이것도 떼면 더 놀라 자빠지겠군."

신사는 코밑에 있는 수염을 단숨에 떼어 냈다.

"아, 아니 현계옥, 당신!"

우현이 남장을 한 계옥을 알아보며 기절초풍을 했다. 계옥은 예의 그 날카로운 눈으로 우현에게 일어나라는 신호를 보냈다. 우현과 마주 선 계옥이 총구를 우현의 얼굴에 겨누었다.

"자, 내 비밀은 밝혔으니 네놈 비밀도 털어놔야지?"

"비밀 따위는 없어요."

우현이 담담하게 대답했다.

"이놈이 혼구멍이 나야 정신을 차리겠구나. 어디 팔 하나 못 쓰게 만들어 줄까?"

남장을 하고 총을 든 계옥은 경성에서 보았던 기생이 아니었다. 우현이 숱한 영상에서 보았던 독립투사, 그 단단하고 엄격한 모습 그대로였다.

우현은 그제야 '아!' 하는 탄성이 흘러나왔다. 이제야 육혈포의 진짜 주인이 누구인지 확실히 가려지는 순간이었다. 그러나 스스로도 믿기지 않은 사실에 떠보는 소리가 절로 나왔다.

"기생도 독립군이 되는 마당에 인력거꾼이라고 가만있을 수 있나? 그리고 난 당신이 더 의심스러워. 당신, 얼마 전만 해도 황금정 승마 구락부에서 친일파 매국노들과 승마를 즐기며 어울렸던 기생 아니었나? 그런 사람이 겨우 몇 달 사이에 어떻게 의열단 단장과 거사를 논하는 단원이 될 수 있다는 거지? 당신 같은 기생이 하루아침에 독립투사로 변신한다면 나 같은 인력거꾼도 못 하란 법 없잖아."

"헛소리 지껄이지 마! 네 말은 하나도 앞뒤가 안 맞아!"

계옥이 비웃으며 대꾸하자 우현도 질세라 대들었다.

"안 맞긴 뭐가 안 맞아. 난 당신과 현정건 사이도 의심스러웠어. 기생과 손님으로 만나 연애 놀음에 빠졌다는 건 그렇다고 쳐. 흔히 있는 통속 소설감이니까. 하지만 연인이 독립운동을 한

다고 경성 최고 기생이 생업까지 내버리고 중국으로 건너온다
고? 당신 혹시 단장님에게 접근하기 위해 현정건 선생에게 먼저
다가간 거 아니야?"

우현은 숨을 한 번 고르고 마지막 질문을 던졌다.

"그리고 제일 궁금한 건 그 총이야. 그 무기를 왜 당신이 들고
있는 거지? 그거 김원봉 단장님 것 아니었나?"

그 말에 계옥의 눈빛이 확 달라졌다. 지금껏 차갑게 빛을 내
던 눈동자가 이성을 잃은 듯 흔들렸다.

"모함과 모욕은 그 정도로 충분하다."

계옥이 살기등등한 목소리로 뇌까리며 육혈포에 달린 공이
치기를 한껏 뒤로 젖혔다. 아차 하는 순간이면 우현의 얼굴에
총알이 박힐 판이었다. 그러나 우현은 물러서지 않았다.

"쏠 테면 쏘시오!"

우현이 계옥 앞으로 한걸음 다가서는데 고함 소리가 들렸다.

"잠깐!"

마주 섰던 두 사람이 돌아보니 골목 입구에 약산이 서 있었다.

"계옥! 그 정도면 첫 번째 시험으로는 충분한 것 같은데."

김원봉은 뚜벅뚜벅 걸어와 우현과 계옥 중간에 버티고 섰다.
계옥은 총구 앞에 김원봉이 들어오자 총을 거두어들였다.

"자네 이름이 한우현라고 했지?"

약산이 우현 쪽으로 돌아서며 말했다. 그는 우현이 고개를 끄

덕이자 말을 이었다.

"자네 말대로 이해할 수 없는 일이지. 유명짜한 기생이 하루 아침에 무장 독립투사가 되었으니. 하지만 이것만은 알아두게. 처음 신분이 무엇이었든 간에 조국의 해방을 위해 몸 바치는 사람들은 모두 똑같이 존귀하고 평등하다네."

약산은 인력거 휘장을 젖혀 안에 놓인 가방을 가리켰다.

"저기에는 조선으로 보낼 폭탄이 들어 있지. 계옥 단원의 임무가 바로 그것이고."

우현은 인력거 의자 위에 놓인 가죽 가방을 새삼스런 눈으로 바라보았다.

"그럼 이 사람이 정말 의열단 단원이란 말씀입니까?"

약산이 고개를 주억거렸다.

"의열단의 최초이자 유일한 여성 단원이지. 그리고 새롭게 입단할 자네를 시험하는 선배이기도 하고 말이야."

계옥이 다시 우현에게 총을 겨누며 말했다.

"단장님, 물론 제가 말싸움에 흥분해서 잠깐 평정심을 잃긴 했지만…… 저 녀석의 정체는 아직 다 밝혀진 게 아닙니다."

약산이 고개를 끄덕였다.

"그래, 자네 말이 옳네. 그러니까 임무를 마저 완수하게 하자구."

알고 보니 계옥과 약산은 미리 짜고 우현을 이 골목으로 들어

오게 한 것이었다. 우현이 계옥의 지시대로 동네를 뱅뱅 돌 동안 약산은 지름길로 미리 와 있었다. 그리고 육혈포 앞에서도 기죽지 않고 당당하게 맞서는 우현을 지켜보고 있었던 것이다.

"우현 군. 시간이 없네. 계옥을 얼른 상해역으로 데려다 주게. 이번 지시는 진짜일세."

약산이 우현의 어깨에 손을 얹으며 웃었다.

우현은 자신이 시험당했다는 사실에 기분이 나빴지만 지금은 그런 감정에 휘둘릴 틈이 없었다.

"어서 타세요."

우현은 인력거에 계옥을 싣고 내달리기 시작했다.

"아직 시간 있으니 천천히 가요. 너무 서두를 필요 없어."

휘장 안에서 들리는 계옥의 목소리가 차분하고 따뜻했다. 경성에서 냉차를 사주던 그 기생 계옥으로 돌아온 것만 같았다.

우현이 대꾸했다.

"전 정말 꿈에도 생각 못 했어요. 기생이 독립투사라니."

휘장 안에서 호호 여유로운 웃음소리가 들렸다.

"난 경성에 있을 때부터 독립운동을 위해 여러 가지 일을 했어요. 3·1만세 때도 독립선언문과 태극기를 배포하는 데 힘을 보탰고, 해외 항일 단체들에서 요청하는 독립운동 자금을 모으고 운송하는 일도 했지. 물론 아무도 모르지만."

그러면서 덧붙였다.

"경성 기방 최고로 손꼽히는 1패 기생이라는 신분을 가진 덕분에 여러 가지로 혜택을 보았지요. 친일파 고관대작들과 허물없이 지내며 그들이 주고받는 대화 속에 들어 있는 각종 고급 정보를 알아 낼 수도 있었고, 오히려 총독부 관리들과 친분을 유지하는 덕분에 의심 없이 지하 활동을 할 수 있었거든."

우현은 놀라움에 고개가 끄덕여졌다.

"황금정 승마구락부에는 내 정보원이 따로 있을 정도니까."

계옥의 말에 우현은 승마구락부 입구에서 본 급사를 떠올렸다. 계옥의 부탁 말에 짧지만 예리한 눈빛으로 화답하던 급사가 정보원이 틀림없었다.

"아까 정건 씨와의 관계를 의심했었죠? 내가 그 말에 불같이 화를 낸 건 아마도 내 마음속 깊이 묻어 둔 진심을 들켜서 그런 건지도 몰라. 처음엔 정말 연인인 정건 씨의 사상과 신념을 뒤따르자는 생각에 시작했거든. 그저 그림자처럼 뒷바라지하는 역할이 기생이자 여자인 내가 할 수 있는 전부라고 여겼어요."

하지만 시간이 지날수록 계옥의 생각은 변해 갔다. 조선인이라는 이유만으로 나라를 빼앗기고 노예의 삶을 살아야 하는 사람들. 그중에서도 또 천하디천한 기생이라는 신분까지 덧씌워진 자신의 처지가 독립운동을 하면 할수록 확연하게 보였기 때문이다.

"독립을 위한 활동은 곧 내가 한남권번 기생이 아닌 현계옥이라는 한 사람으로 다시 서는 명분이 되고 기회가 되어 주었어요. 하지만 지금껏 누리던 모든 것을 버리고 독립 투쟁에 헌신하겠다는 각오가 금세 뚝딱 만들어지는 건 아니더라구요. 그러니 날 너무 대단하게 보진 말아요."

계옥은 그간 지나 온 고민의 시간들이 떠오르는지 잠시 말을 멈추었다.

우현이 혼잣말처럼 중얼거렸다.

"그런 줄도 모르고 기생이라고 덮어놓고 후보에서 제껴 놓았으니."

그 말에 계옥이 다시 입을 뗐다.

"우현 군이라고 했나요? 솔직히 난 당신이 아직도 의심스러워. 경성에서도 일이 끝났는데 가질 않고 내 주위를 빙빙 돌며 살피더니, 갑자기 여기 상해에 나타나고. 도대체 당신 정체가 뭐죠?"

우현은 속이 바짝바짝 타들어 갔다. 대답할 말을 못 찾고 인력거만 끄는 우현을 가만히 지켜보던 계옥이 말했다.

"틀림없이 무언가 비밀이 있어. 그런데 그걸 우리한테 설명해도 우린 못 알아들을 것 같아. 그치?"

우현은 가슴이 철렁했다. 계옥의 방금 그 말은 우현과 타임글라스에 대해 훤히 알고 있는 투였다. 우현은 이 위기를 어떻게 넘겨야 할지 갈피를 잡느라 머릿속이 복잡해졌다. 그사이 계옥이 말을 덧붙였다.

"그 도깨비 같은 곡절이 궁금하지만 우선 내겐 임무가 먼저 니까."

이 말을 끝으로 인력거는 안팎이 조용해졌다.

인력거가 드디어 상해역에 도착했다. 계옥이 가방을 들고 내 렸다.

우현은 각오한 듯 계옥을 향해 말했다.

"임무를 완수하고 무사히 돌아오십시오. 그리만 하시면 모든 걸 다 말씀드리겠습니다."

그때 귓가에 삑 하는 경고음이 나면서 동지 말소리가 들렸다.

"무슨 짓이야. 뭘 다 말씀드린다는 거야?"

우현이 동지의 말을 무시하고 뭐라고 덧붙이려는데 계옥이 웃는 목소리로 말했다.

"임무를 완수할 자신은 있지만 무사히 돌아온다는 약속은 못 하겠는데요."

우현은 무슨 말이냐고 반문하려다 아홉 살 때 들었던 이야기 가 떠올랐다. 우현은 마음이 무거워져 한숨을 내쉬었다. 그 모습 을 본 계옥이 쪽지 하나를 내밀었다.

"정말 독립군이 되고 싶거든 이 주소로 찾아가 봐요. 아까 약 산 선생님이 계시던 집은 내일부터는 다시 중국인의 살림집으 로 되돌아갈 거니까."

우현이 계옥을 향해 고개를 숙였다.

"아깐 죄송했어요. 육혈포의 진짜 주인을 못 알아보고."

계옥이 살짝 웃으며 대답했다.

"육혈포의 진짜 주인이라…… 글쎄. 오늘은 내가 들었지만 내일은 또 누구 손에 들려 독립 투쟁을 할지 모르니까."

계옥은 이 말을 끝으로 역사 안으로 유유히 사라졌다.

우현은 그 모습을 하염없이 바라보다 뒤돌아섰다. 그리고 후미진 골목을 찾아 걷기 시작했다. 우현 손에는 계옥이 건네 준 쪽지가 꼭 쥐어져 있었다.

오늘의 SF

이 책에 실린 「반려동물 관리사」 단편을 한창 준비할 때가 2018년이었다. 지금부터 4년여 전인데, 그때 원고를 구상하면서 '기본소득'에 대한 개념을 알게 되었다. 인공지능 컴퓨터의 노동 시장 잠식으로 인해 일할 자리와 기회를 빼앗긴 인간에게 지급되는 '기본소득'은 생소한 만큼 흥미를 끄는 단어였다. 나는 얼른 이 단어를 기조로 줄거리를 짰다. SF적인 상상력을 펼칠 세계관을 구축하는 데 기둥이 되는 미래적 장치라고 생각했기 때문이다.

원고를 다 쓰고 출간을 준비하는 사이 코로나19가 대유행을 시작했다. 전대미문의 전 지구적 역병과 대치한 세계는 낯선 대책들을 쏟아 내기 시작했다. 그중 재난 기본소득, 재난 지원금

등의 단어가 들리기 시작했다. 작업실에서 홀로 글을 쓰던 나는 실소가 나왔다. 먼 미래의 상황이 될 거라 짐작하며 쓴 이야기가 바로 여기, 지금 벌어지고 있는 참이었다.

「특이점을 지나서」는 「반려동물 관리사」보다 1년 먼저 발표한 작품이다. 내가 처음으로 도전해 본 SF 청소년 소설이라 꽤 공들여 썼던 기억이 있다. 이 작품은 인공지능 알고리즘에 의해 미래의 직업이 결정되는 아이들의 이야기이다. 그런데 어느 날 문득 돌아보니 초등학교에 다니는 딸 아이가 학교에서 온라인 원격 수업을 통해 특기와 적성 테스트를 하고 있었다. 코로나 팬데믹으로 아이는 학교를 가지 못하고 온갖 인터넷 매체를 통해 학습을 이어가고 있었다. 책 안에서 펼쳐 본 미래 세계가 오늘 여기서 벌어지는 현재의 일이 되고 있다. 덩달아 내가 쓴 단편소설들을 SF 장르 소설이라고 해도 되나 하는 의구심이 발동하기 시작했다.

미래란 무엇일까? SF적인 상상력은 또 어떤 의미를 지닐까? 책상 앞에 앉아 고민해 보니 내가 쓰는 이야기들은 '오늘의 SF'가 아닐까 하는 생각이 들었다. 언젠가 미래학자가 라디오 프로그램에 나와서 한 말이 떠오른다. 우리는 이미 SF 세상에 살고 있다고, 이미 미래를 살고 있다고 말이다. 코로나 대유행으로 사회와 개인은 급변하고 있다. 원하건 원치 않건 하루가 다르게 쏟아지는 변화를 온몸으로 받으며 적응해야 한다. 불과 한두 해

전만 해도 짐작하지 못한 상황이다.

여기 네 편의 SF 청소년 소설을 묶어 세상에 내놓는다. 그 안에 설정한 시간적 배경은 4~50년 뒤의 세상이다. 하지만 이야기 속에 들어 있는 사건과 고민, 전망은 '지금 여기'를 사는 우리 모두에게 해당하는 조건이 되어 버렸다.

2021년이 저물고 있다. 다음 달, 2022년 1월이면 코로나 팬데믹이 시작된 지 꼬박 만 2년이 된다. 내년에는 부디 이 혼란스러운 대유행이 끝나고 조금 더 나은 내일, 조금 더 즐거운 SF적 상상력을 펼치는 기회가 열리기를 기대해 본다.

이 책을 펼쳐 든 독자 제위의 건강과 행복을 기도하며
김소연

특이점

ⓒ김소연, 2022

초판 1쇄 발행 2022년 1월 24일
초판 5쇄 발행 2023년 8월 25일

지은이 김소연
펴낸이 김혜선 **펴낸곳** 서유재 **등록** 제2015-000217호
주소 (우)04034 서울 마포구 잔다리로7길 18(서교동 377-20) 504호
전화 070-5135-1866 **팩스** 0505-116-1866 **대표메일** seoyujaebooks@gmail.com
종이 엔페이퍼 **인쇄** 성광인쇄

ISBN 979-11-89034-56-6 43810